新 潮 文 庫

剣客商売 庖丁ごよみ

池波正太郎著

新 潮 社 版

7217

目次

著者による唯一の小兵衛像
単行本『浮沈』装画より

春

夏

挿画　池波正太郎
題扉画　中　一弥
本文写真　田村　邦男

剣客商売

庖《ほう》丁《ちょう》ごよみ

秋山小兵衛さんが生きた時代の料理を出来るだけ再現しようとやってみましたが、難しいですね。
池波先生がおかきになっているのとは別の作り方をしましたが、出来上ってみると意外に私にとっても昔懐《なつ》かしい味がしました。

近藤文夫

春

『剣客商売』・「女武芸者」　中一弥さし絵

白《しら》魚《うお》

いさきの刺身
白魚の卵寄せ椀盛《わんも》り
炒《い》り卵
浅蜊《あさり》の佃煮《つくだに》
鰺《あじ》の一夜干し
豆茶飯《まめちゃめし》

佃島の白魚網

その吉野《よしの》さん（編集部註・若き日の池波氏を可愛がった兜町の株屋の主人）に、早春の或《あ》る夜、浅草の料亭〔草津〕へ連れて行かれたときのことだが、白魚へ卵を落しかけた椀盛りが出た。

それを口にするとき、あの細くて、小さくて美しい可憐《かれん》な白魚に、

「あ、ごめんよ。ごめんよ」

と、あやまりながら箸《はし》を取った吉野さんの顔や姿が、春先になると、ふっとおもい浮かんでくる。

明《あけ》ぼのや　しら魚白きこと一寸　芭蕉《ばしょう》
ふるいよせて　白魚崩れんばかりなり　漱石《そうせき》

長二、三寸。腸《はらわた》もないかとおもうほどの、すっきりと細い体は透明で、そこに、黒胡麻《くろごま》の粒を落したような可愛《かわい》らしい目がついている白魚である。

たとえ、料理をした白魚とはいえ、おもわず発した吉野さんのつぶやきを、私は忘れることができない。

（『味と映画の歳時記』より）

【豆茶飯】

「すまぬな、弥七《やしち》。腹ぐあいはどうだ?」

「晩飯も食わずに飛んでまいりました」

「そうだろうとおもってな、豆茶飯を不二楼《ふじろう》の板場へあつらえておいたぞ」

「豆茶飯……?」

「これ、弥七。女房が武蔵屋《むさしや》という四谷《よつや》界隈《かいわい》でそれと知られた料理屋をやっているというのに、何も知らぬとは、どうしたことだ。今日はな、おはるの父親《てておや》が、蚕豆《そらまめ》のうまいのを持って来てくれてな。こいつをちょいと炒りつけ、水に浸《つ》けて皮をむいたのを茶飯へ炊《た》きこむ。これが豆茶飯よ」

「へへえ。それは、うまそうでございますね、先生」

「いっしょにやろう。やりながら、さて、相談だ。弥七、ちょいと、おもしろいことになってきたぞ」

(『陽炎《かげろう》の男』中「兎《うさぎ》と熊《くま》」より)

【炒り卵】

おはるは、熱い味噌汁《みそしる》と炊《た》きたての飯、炒り卵を老いた夫のために仕度をした。

弥七と徳次郎は、すでに腹ごしらえをしている。

「旨《うま》い」

舌を鳴らして味噌汁を啜《すす》る小兵衛《こへえ》に、四谷の弥七が、……

(『二十番斬《にじゅうばんぎ》り』中「二十番斬り」より)

白魚の卵寄せ椀盛《わんも》り

●材料　白魚　卵　鰹節《かつおぶし》　昆布《こんぶ》　醤油《しょうゆ》　酒　塩

澄し汁（鰹節と昆布の出汁《だし》に醤油、塩、酒少々）が沸騰《ふっとう》する直前に白魚を加え、魚が白くなり始めたら卵を溶き入れる

灰汁《あく》をこまめに取り、卵がかたまる前に椀に盛る

炒《い》り卵

●材料　卵　長葱《ながねぎ》　砂糖　醤油

鍋《なべ》に卵4個、小口切りした長葱2分の1本、砂糖小さじ2杯、醤油小さじ4杯を入れる

強火にかけ、箸《はし》を4、5本持って手早くかき混ぜる

焦《こ》げそうになったら、火から遠ざけて調節し、水気がなくなるまで炒る

豆茶飯《まめちゃめし》

●材料　そら豆　昆布　米　醤油

そら豆を剥《む》いて軽く煎《い》り、すぐ冷水に入れ皮を取る

昆布をしいた米に、水の10分の1の量の醤油を加えて炊《た》き、炊き上がる少し前にそら豆を加える。そのままかき混ぜずに炊きあげて5分間蒸らす

鰺《あじ》の一夜干し

●材料　鰺　塩

真鰺を腹開きにして、臓物を捨て、真水で洗い、海水より少し薄めの塩水に二時間漬《つ》け込む

エラに串《くし》を通して、風通りのいい所で夕方から朝まで陰干しにする

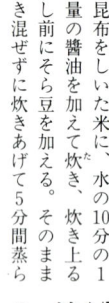

【鰺の干物】


「お福。朝の膳《ぜん》を、秋山先生にもさしあげてくれ」

「はい」

「いや、おかまいなく」

「何の、この娘がこしらえるものは、なかなかに旨い」

「ほう。それは先生、何よりの仕合せというものですな」（中略）

味噌汁には、茄子《なす》を、ちょっと網で焼いて入れることにした。あとは瓜揉《うりも》みに鰺の干物。

この鰺は、三浦老人みずから手にかけて軽く日に干したもので、なかなか旨いのだ。

お福が膳を運んで行くと、秋山小兵衛は客間へあがっていて、膳ごしらえを見るや、

「ふうむ。なるほど、よく出来ている」

と、つぶやいたのである。


（『ないしょ　ないしょ』より）

作ってみて

江戸湾は昔は良い漁場でした。鰺や浅蜊も新鮮なものが毎朝築地《つきじ》に荷揚げされてました。今はほとんどが外国で獲《と》れたものだそうです。かつては白魚も隅田川《すみだがわ》のものが最高だったんですがね。これは早春が旬《しゅん》の、春を告げる魚で、刺身や天麩羅《てんぷら》にしても美味《おい》しいですね。釣《つ》りに出かけたりして、新鮮な鯵が手に入ったら、一夜干しを家庭で作ってみてください。機械で乾燥させたスーパーの干物とは全く違った味になるはずです。

（近藤）

烏賊《いか》

烏賊の木ノ芽和《あ》え
揚げ入り湯豆腐
白魚《しらうお》と豆腐の煮付け
ふきの辛煮
饅頭《まんじゅう》

烏賊の味は、むかしの東京で暮した者にとって、なつかしいものにちがいない。

この十本の足をもつ軟体動物は、やわらかくて、さまざまな調理にこたえてくれるし、先《ま》ず、四季を通じて食べられる。いまはどうか知らないが、むかしは、安価で、東京の庶民たちの口に入りやすかった。

烏賊は八十もの種類があるとかで、塩辛《しおから》はむろんのこと、焼いてよし、煮ても旨《うま》く、ことに新鮮なものが手に入ったときは、刺身や小《こ》鍋立《なべたて》にして酒をのむのもよい。

味は、どのような調味料にも応じてくれる。東京の下町では、つけ焼きにすることが多く、亡《な》くなった母などが、

「今日の烏賊は、旨いよ」

そういうときは、つけ醬油《じょうゆ》に山椒《さんしょ》を、すりつぶして入れたり、木ノ芽を刻み込んだりしたものだ。子供の口には、あまり旨いとも思わなかったが、何故《なぜ》か御飯のおかわりを三度も四度もした。

【烏賊の木ノ芽和え】

(だが、今日の大《おお》先生は、どうも妙だ)

徳次郎は、胸の内でくびを傾《かし》げた。

やがて……。

酒肴《しゅこう》の仕度をととのえたおはるが廊下へあらわれた。

おはるは、山椒の香りと共に居間へ入って来た。

山椒の葉を摺《す》りつぶしてまぜ入れた醤油をかけ、焙《あぶ》り焼きにした烏賊が浅目の大きな鉢《はち》にたっぷりと盛りつけられ、そのほかに蕗《ふき》の煮たものなどを出して、

「あとで、先生の好きな浅蜊《あさり》飯《めし》がありますよう」

小兵衛へ笑いかけたおはるが、

「あれ、妙な顔をしていなさる」

「あっちへ行っていなさい」

「何ですよう。叱《しか》られるおぼえはありませんよう」

「よし、わかった、わかった。後の酒をたのむ」

おはるは、不満げに台所へ去った。

(『波紋』中「消えた女」より)

烏賊《いか》の木ノ芽和《あ》え

●材料　するめ烏賊　木ノ芽　醤油《しょうゆ》

烏賊のはらわたを取る——人差し指を腹の中に入れ、回りをほぐして内臓を抜く

烏賊を少し焦《こ》げ目がつくまであぶり、筒形に切る

烏賊とすり下ろした木ノ芽と醤油とを和える

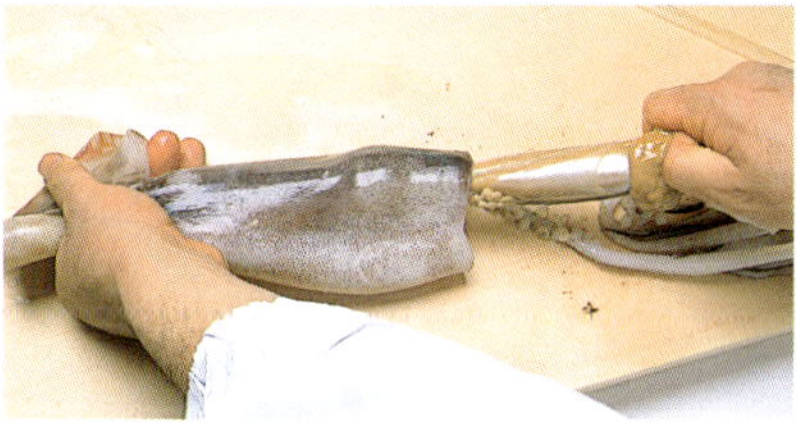

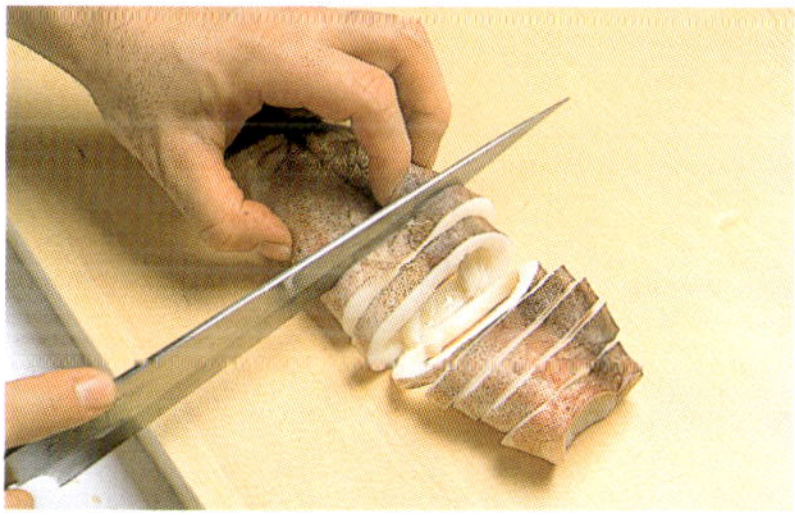

白魚《しらうお》と豆腐の煮付け

●材料　白魚（子持ちがいい）　豆腐
根生姜《ねしょうが》　醤油　酒　みりん

鍋《なべ》に水を入れ、沸騰《ふっとう》した後、酒、
醤油、みりん、生姜を加える

沸いた後に白魚を入れ、さっと湯《ゆ》
掻《が》く

生姜も取り出した残り汁で豆腐を
20分位、煮付ける

豆腐を煮終った出汁《だし》に改めて白魚
を入れ、10分位煮込み、豆腐の上に
かけ出来上り

饅頭《まんじゅう》

●材料　皮――大和芋（30g）　酢　上
新粉（40g）　砂糖（60g）　餡《あん》――
小豆《あずき》（5合位）　塩少々　砂糖（700g）

餡は、小豆を3倍の水で四時間、
弱火で煮る。小豆が煮え上り、指で
つぶせる位になった時、砂糖を加え
る。へらで練り、塩少々を加える

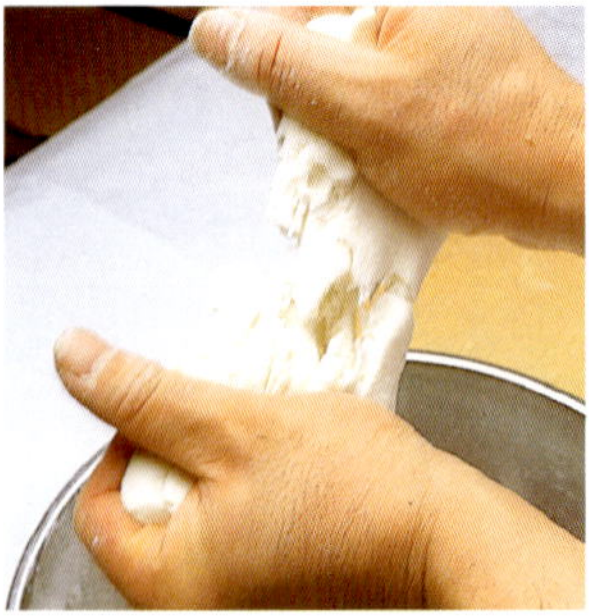

大和芋の皮は剝《む》き、酢を入れた水
に約30分間漬《つ》けたあと（芋の臭みが
とれ、色が変わらない）すり下ろし、
上新粉と砂糖を混ぜ合わせてふるい
にかけたものと一緒に練る。練り具
合は、延ばしてみて切れれば良い

ビー玉位のかたまりをのばした皮
で、同じ位の大きさの餡をつつむ
（後で膨らむので注意）

蒸し器に入れ、中火で5分位蒸す

【饅頭】

「父上。母上が怪しみませんでしたか？」

「いや、別に……でもな、今日は長い刀《の》を持って行きなさるところを見ると、何か、おありなさるらしい、などと、いうていたよ」

「平気なので？」

「おはるは、まさか、わしが死ぬるとはおもうていまいからな」

父子《おやこ》は、ゆっくりと茶をのみ、この茶店の名物・鳩《はと》饅頭をつまんだ。

こうなると、さすがに秋山父子である。

（『天魔』中「天魔」より）

作ってみて

春先、伊豆《いず》下田のするめ烏賊は甘みがあってとても美味《おい》しいですね。小説に登場する小兵衛さんもいろいろな楽しみかたをしています。烏賊は身が厚く、弾力のあるものが良いです。饅頭の餡の甘さは砂糖ではなく塩加減で決まりますね。これを本当の塩梅《あんばい》と言うのでしょうか。家庭で作る饅頭の皮が意外と難しいのは、材料のグラム数をきちんと正確にしないからなのです。

（近藤）

蛤《はまぐり》

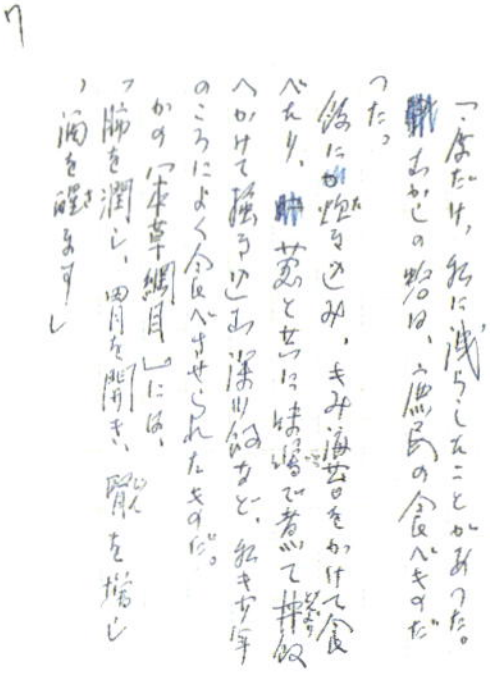
7
「…なだけ、私に洩らしたことがあった。
むかしの蛤は、庶民の食べものだ
った。
飯に炊き込み、もみ海苔をかけて食
べたり、葱と共に味噌で煮て丼飯
へかけて掻き込む深川飯など、私も少年
のころによく食べさせられたものだ。
かの「本草綱目」には、
「肺を潤し、胃を開き、腎を増し
酒を醒ます」

鮒飯《ふなめし》
冷たい木ノ芽味噌《みそ》かけ豆腐
蛤の吸物
鯛《たい》の皮のあぶり焼き
草餅《くさもち》

むかしの蛤は、庶民の食べものだった。

飯に炊《た》き込み、もみ海苔《のり》をかけて食べたり、葱《ねぎ》と共に味噌で煮て丼飯《どんぶりめし》へかけて掻《か》き込む深川飯など、私も少年のころによく食べさせられたものだ。

かの〔本草綱目〕には、

「肺を潤《うるお》し、胃を開き、腎《じん》を増し、酒を醒《さ》ます」

とあって、栄養価も高いのではないか。

伊勢《いせ》の桑名の旅宿〔船津屋〕へ泊ると、朝の膳《ぜん》に蛤が入った湯豆腐が出る。

いまも出しているか、どうか……。

この湯豆腐で酒をのむ旅の朝の一時《いっとき》は、何物にも替えがたかった。

いまの蛤は、何しろ高い。

とても庶民の口へは入らぬ。

それでも、ほんとうに旨《うま》い蛤を食べさせる鮨屋《すしや》や料理屋が東京にもないではないが、仕入れは絶対に秘密である。

私も知らぬ。

それほどに、蛤らしい蛤が滅びつつあるわけだろう。

（『味と映画の歳時記』より）

【蛤】

昼すぎに、小兵衛《こへえ》がなじみの料亭、浅草・橋場《はしば》の〔不二楼《ふじろう》〕の料理人・長次《ちょうじ》が、

「先生が、お好きでござんすから……」

とどけてくれた蛤を豆腐や葱といっしょに今戸焼《いまどやき》の小鍋《こなべ》で煮ながら、小兵衛に食べさせようと、おはるはおもった。

「ついでに、蛤飯も食べたい」

小兵衛が、そういうので、おはるが仕度にかかった。これは蛤を仕立てた汁で飯をたきあげ、引きあげておいた蛤は剝身《むきみ》にして飯にまぜ入れ、食べるときはもみ海苔をふりかける。これも小兵衛の大好物だ。

（『辻斬り《つじぎ》』中「妖怪《ようかい》・小雨坊《こさめぼう》」より）

【鮒飯《ふなめし》】

内臓と鱗《うろこ》を除いた鮒をみじんにたたき、胡麻《ごま》の油で煠《いた》め、酒と醬油《しょうゆ》で仕立てたものを、熱い飯にたっぷりとかけまわして食べる。これが鮒飯で、むろん、ようやくに下痢がとまった小兵衛が口にすべきものではない。

「かえって、こういうときに、こうしたものを食うのが、わしにはよいのじゃ。わしの腹の虫は、そのように出来ている」

強引に、小兵衛は鮒飯をつくらせ、三杯も食べた。ただし、まだ、酒はのまぬ。

翌朝になってみると、

「それ見ろ、このとおりだ」

俄然《がぜん》、小兵衛に生気がよみがえった。

（『白い鬼』中「手裏剣お秀《ひで》」より）

鮒飯《ふなめし》

●材料　鮒　葱《ねぎ》　芹《せり》　生姜《しょうが》　木　醤油《しょうゆ》
酒　みりん　胡麻油《ごまあぶら》

頭を落とす時に、潰《つぶ》すと苦いので肝に注意する。背びれと目の中間を叩《たた》く。腹の子と臓物を分け、水でよく洗う

身を最初は大きめに切り、次に細かく骨まで叩く。魚が大きくて骨が硬い場合は三枚におろしてから、みじんに切る

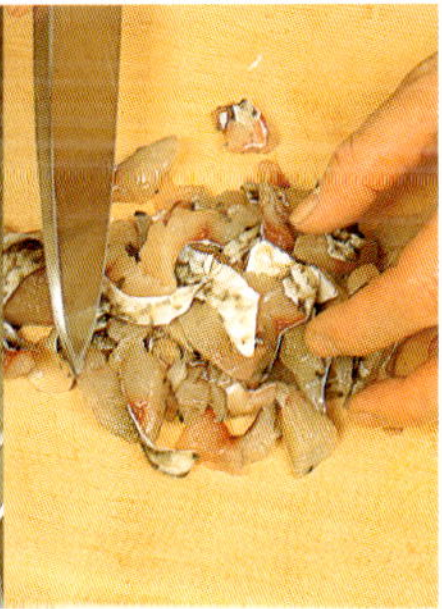

鍋《なべ》に胡麻油をひき、鮒の身に色がつく程度に強火で1分ほど炒《いた》める

鍋からざるに移し、軽く茹《ゆ》でた鮒の子、刻んだ葱と芹を混ぜる

酒(6)、醤油(2)、みりん(1)を沸騰させて具を煮る。途中でおろし生姜を加える

10分程度煮て味が染み込んだら、汁を少なめにして熱い御飯にかける

冷たい木ノ芽味噌《みそ》かけ豆腐

●材料　豆腐　木ノ芽　白味噌　みりん

味噌にみりんを入れ、柔らかくなるまで弱火であぶる

味噌が冷めてから、すり鉢《ばち》ですった木ノ芽と混ぜ合わせる

冷やした豆腐を布で包み、手で重しをして水気を取り、木の芽味噌をかける

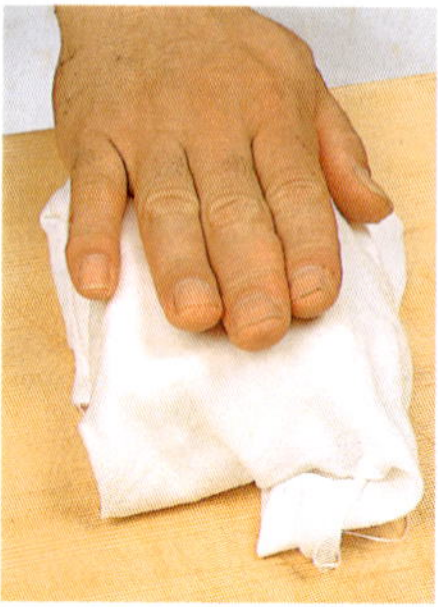

草餅《くさもち》

●材料　白玉粉（40g）　上新粉（140g）　砂糖（40g）　塩　よもぎ　餡《あん》　黄粉《きなこ》

白玉粉、上新粉、砂糖に、ぬるま湯150cc（塩少々）を三度に分けて加えながら、よく練る。両手で延ばしてもちぎれない程度になったら、小さくちぎって蒸し、むらなく火を通す

よもぎを、ひとつまみの塩を加えた湯で軽く茹で、すぐ水にさらし、細かく切って、すり鉢でする。繊維が残る程度がよい。これを蒸した餅と混ぜ合わせ、まんべんなくこねる

餅に草色が付いたら小判形にして、餡を包み、上から黄粉をふる

【冷たい木ノ芽味噌かけ豆腐】

父子で酒を酌みかわすのは、久しぶりのことであった。

浅草の駒形堂《こまかたどう》裏の「元長《もとちょう》」の亭主・長次が届けてくれた鰹《かつお》を刺身にし、冷たい木ノ芽味噌をかけた豆腐を、おはるが手早く出した。

箸《はし》をつけた大治郎が、

「三冬《みふゆ》の、およぶところではない……」

おもわず、呟《つぶや》いた。

にんまりとなったおはるをにらみ、小兵衛が、

「これ、大治郎。そういうことを、女の前でいうな」

「いけませぬか？」

「つけあがるわえ」

と、小兵衛が、おはるへ顎《あご》をしゃくって見せた。

（『波紋』中「波紋」より）

作ってみて

鮒には味噌煮や甘露煮、雀焼《すずめや》きなどの様々な料理法があります。それは鮒が昔から家庭の食卓に上ってきた証拠でしょう。それだけどこにでもいる魚なのです。ただ、池より川の鮒が、臭みがなくて美味《おい》しいといわれます。今回の料理は胡麻油で炒《いた》めて臭みが消えるので、川魚の苦手な方にもお勧めします。釣《つ》って帰った鮒は一週間程きれいな水で泳がせてから調理すると美味しくいただけます。

（近藤）

鯛《たい》

鯛の刺身
ぼらの山椒味噌《さんしょみそ》付け焼き
浅蜊《あさり》のぶっかけ
浅蜊と葱《ねぎ》と豆腐の煮付け
うどの塩《しお》揉《も》み

鯛は、魚類の王者だ。風姿、貫禄《かんろく》、味、ともに、その名をはずかしめぬ。

私が子供のころ、何かの拍子で、折詰の鯛が食卓にのぼると、
「これは、子供の食べるものじゃあない」
母や祖母に取りあげられてしまったものだ。

もっとも、子供は魚よりも肉のほうを好むから、さして食べたいとはおもわなかった。

鯛を食べるようになったのは、自分ではたらいた金を持つようになってからで、いったん、鯛の味をおぼえると、もう、はなれられなくなってしまう。鯛は、千変万化の調理に応じ、身から皮、骨までが複雑微妙な味を出す。食べごろは春先だろうが、通《かよ》いなれた料理屋でも、鯛の刺身を口にして、
「うぅむ……」
おもわず唸《うな》り声をあげるほどに旨《うま》いときは、一年のうち、数えるほどだろう。

四国の今治《いまばり》の、近見山の料亭で、桜鯛の塩蒸しを、おもうさま食べたときの旨さは、いまだに忘れない。芽しょうがをあしらった大皿に横たわった、その姿の立派さ、美しさに、一瞬、箸《はし》がうごかなかった。

【鯛の刺身】


おはるは台所で庖丁《ほうちょう》をつかみ、獅子奮迅《ししふんじん》に立ちまわっている。

「私、お手つだいを……」

と三冬が台所へ去った。

早くも、よい匂《にお》いが小兵衛の居間へもただよってきた。（中略）

「ときに、今日は何の御馳走《ごちそう》なので？」

「おはるがいわなかったかえ。鯛と軍鶏《しゃも》じゃ。もっとも鯛のほうは半分ほど味噌に漬《つ》けておいた。帰りに持って行くがよい」

やがて、仕度ができた。

先《ま》ず、鯛の刺身であったが、それも皮にさっと熱湯をかけ、ぶつぶつと乱切りにしたようなものだ。

これで、四人が盃《さかずき》をあげた。

「ま、ゆるりとやろう」

小兵衛が、おはるをも座に加えて、たのしげに語り合い、膳《ぜん》のものをすっかり食べ終えてから、おはると三冬が台所へ飛び込んだ。


（『春の嵐《あらし》』より）

ぼらの山椒《さんしょ》味噌《みそ》付け焼き

●材料　ぼら　木ノ芽　味噌　みりん　塩

ぼらの鱗《うろこ》は大根を使って落とすとよい

ぼらは三枚に下ろし、腹骨をそいで、軽く塩をふる

下ろした身に左右に2本、中央に1本、扇形に串《くし》を刺し、焼く

木ノ芽、みりんに味噌を加えて鉢《はち》で混ぜ合わせる

焼き上った身の片面に味噌を塗り、再度、焦《こ》げ目がちょっと付く位に焼き、木ノ芽を叩《たた》いて身の上にふりかけて出来上り

浅蜊《あさり》のぶっかけ

●材料　浅蜊　葱《ねぎ》　御飯　醬油《しょうゆ》　酒　みりん

濃い口醬油(3)、水(5)、酒(1)、みりん(1)を沸騰《ふっとう》させ、浅蜊の剝《む》き身をさっと煮込み、上げる。その汁に、五分切りにした葱を入れ煮込む。柔らかくなったところに、ふたたび浅蜊を加え、それを熱い御飯の上にぶっかけて出来上り

浅蜊と葱《ねぎ》と豆腐の煮付け

●材料　浅蜊　豆腐　葱　生姜《しょうが》　山椒　醬油　酒　みりん

醬油、酒、水に浅蜊の剝き身とみりん少々、生姜を加えて、さっと煮、直《す》ぐ火を止める。その汁で豆腐、葱を入れ煮込む。葱が柔らかくなったところで、先程の浅蜊を入れ、ふたたび煮込む。盛り付けたものに山椒の葉をのせて出来上り

【浅蜊のぶっかけ】

それから、おみねは夕餉《ゆうげ》の仕度にかかり、たちまちに大治郎へ膳を出した。

その仕度が、あまりに早かったので、大治郎は遠慮をする間とてなかった。

いまが旬《しゅん》の浅蜊の剝身と葱の五分切を、薄味の出汁《だし》もたっぷりと煮て、これを土鍋《どなべ》ごと持ち出して来たおみねは、汁もろともに炊《た》きたての飯へかけて、大治郎へ出した。

深川の人びとは、これを「ぶっかけ」などとよぶ。

それに大根の浅漬のみの食膳であったが、大治郎は舌を鳴らさんばかりに四杯も食べてしまった。

食べ終えてから、はじめて気づき、

「や……これは……」

赤面したけれども、もう追いつくものではない。

（『待ち伏せ』中「待ち伏せ」より）

作ってみて

江戸湾は浅蜊とか、貝類に適した所なんです。江戸川をはさんで多摩川との間に五つの川があるでしょう。川の流域の淡水と海水のまじりあう所が良い場所なんです。小さい頃《ころ》はよく千葉の幕張《まくはり》に親に連れられて潮干狩に行きました。採った貝はフライパンで焼いて食べたりしました。塩っけがきいてなかなかおいしかったですね。炊《た》き込み御飯も殻《から》のまま入れて炊くと貝の味がでて香ばしいですよ。

（近藤）

鯰《なまず》

宇野信夫さんの作で、故六代目菊五郎が初演した芝居〔巷談宵宮雨《こうだんよみやのあめ》〕は、破戒僧の竜達《りゅうたつ》を菊五郎が演じて評判をとった。

その中で、竜達が鯰のすっぽん煮を食べて、「ああ、旨《うま》いなあ。鯰はすっぽん煮にかぎる」というセリフがある。

江戸の夏。破戒僧の夕飯。いかにも、鯰のすっぽん煮は、よく似合っていた。それをおぼえていて、後年、何度か口にしたが、竜達ほどには旨いとおもわなかった。しかし、鯰は意外に淡泊な味がして、深川のどぜう屋などで、よく食べたものである。

鯰の付け焼き
鯰のすっぽん煮
鯰の煮付け
鯰の衣揚げ
浅蜊《あさり》御飯

【鯰】

大治郎は今日も、鐘《かね》ケ淵《ふち》の隠宅へ、父・小兵衛《こへえ》を見舞った。

一昨日の昼すぎに、小兵衛が病気だと、おはるが知らせに来てくれたから、すぐに駆けつけると、

「なあに、らちもないことよ」

青ざめた顔を、夜具からのぞかせて小兵衛がいう。

「どうなさいました？」

「いうも、はずかしい」

おはるが知らせに来たときも「どこが悪いのです？」と、きいたら、おはるは「先生にきいて下せえよう」と、こたえるのみで、さっぱり要領を得なかったのである。

「食べすぎてのう、鯰を……」

昨日、おはるの父親・岩五郎が、

「寒くなって、味がよくなったもんだでね」

こういって、二ひきも届けてくれた鯰を、小兵衛は、鍋《なべ》にしたり、味醂醤油《みりんじょうゆ》で付焼《つけやき》にしたりして、ぺろりと食べてしまったというのだ。

＊

（『天魔』中「鰻坊主《うなぎぼうず》」より）

鯰《なまず》のすっぽん煮

●材料　鯰　昆布《こんぶ》　生姜《しょうが》　葱《ねぎ》　醤油《しょうゆ》　酒

三枚におろした鯰に熱湯をかけ、木杓《きじゃく》でぬめりをこそげとる

昆布、酒(6)、水(4)、醤油(2)で鯰を煮る。煮えてきたらおろし生姜を入れ、こまめに灰汁《あく》を取る

火を止める寸前に刻んだ葱を入れる。コツは灰汁をこまめに取ること

酒をたっぷり入れて煮る料理をすっぽん煮という

鯰の煮付け

●材料　鯰　生姜　醤油　酒　みりん　砂糖

布巾《ふきん》できれいにぬめりを取る

酒(3)、みりん(1)、醤油(1)、砂糖少々と生姜の薄切りで出汁《だし》を作り、鯰を強火で煮る

煮立ってきたら中火にし、ひたひたの出汁が3分の1になるまで煮込む。最後に灰汁を取り、盛り付けてから、残ったたれをかける

鯰の付け焼き

●材料　鯰　醤油　酒　みりん　山椒《さんしょ》

鯰を三枚におろし、皮と身の間に串《くし》を刺し、強火で色がつく程度に素焼きにする

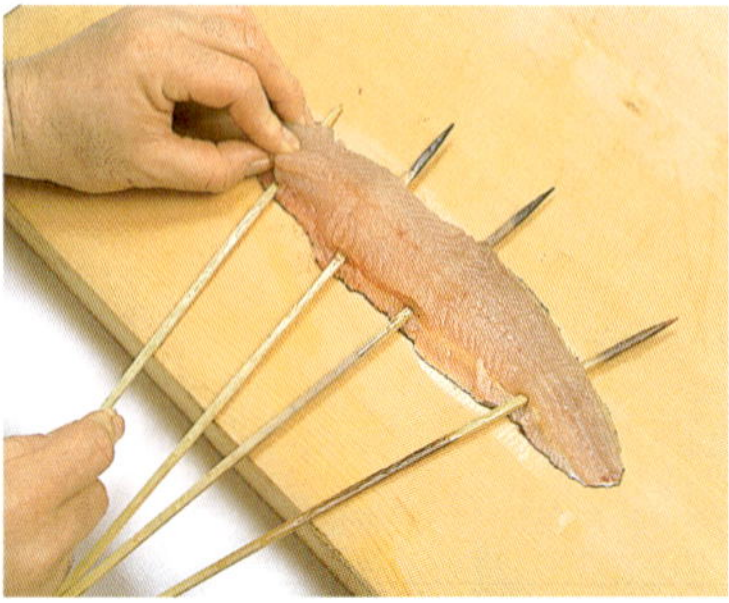

醤油（5）、みりん（5）、酒（3）を中火で一時間煮たたれをつけ、団扇《うちわ》であおぎながら焼く。たれは3回塗り直す

焼き上ったら、山椒をふる

浅蜊《あさり》御飯

●材料　浅蜊　昆布　醤油　酒　米

浅蜊を真水でよく洗い、水（3）、酒（1）に醤油を薄めに入れ昆布をしいて煮る（浅蜊の殻《から》が開くまで）。煮上ったら、ざるで漉《こ》し、この煮汁で米を炊《た》く

浅蜊を米の炊き上る5分前に加え、炊き上ったら御飯と混ぜる

間もなく、おはるが実家から帰って来た。

「先生。お父つぁんが鯰をとって来てくれたよ。すっぽん煮にしますか？」

「いいや、おろして熱い湯をかけてな、皮つきのまま削身《そぎみ》にして……ぬめりをのぞいてから割醤油《わりした》で煮ながら食おうよ」

「あい、あい」

すぐさま、おはるが仕度にかかる。四十も年がちがう二人なのだが、このところどうして呼吸がぴたりと合ってきはじめたようだ。


（『剣客商売』中「井関道場・四天王」より）

作ってみて

子供の頃《ころ》、鯰をチンコロと呼んで、カエルをエサに釣《つ》ったり、掻堀《かいぼり》で捕まえたりしました。秋はやせていて、冬は冬眠するので、旬《しゅん》は春先から梅雨の頃です。鯰をさばく時、エラに注意しないと挟《はさ》まれて危険です。布巾でつかんで眉間《みけん》を庖丁《ほうちょう》の背で叩《たた》くとおとなしくなります。最近は家庭であまり鯰を食べなくなりましたが、昔は身近にある貴重な蛋白源《たんぱくげん》だったのでしょう。朝の蜆売《しじみう》りも見かけなくなりましたね。あの「あさりー、しじみー」の呼び声がなつかしいです。

（近藤）

筍《たけのこ》

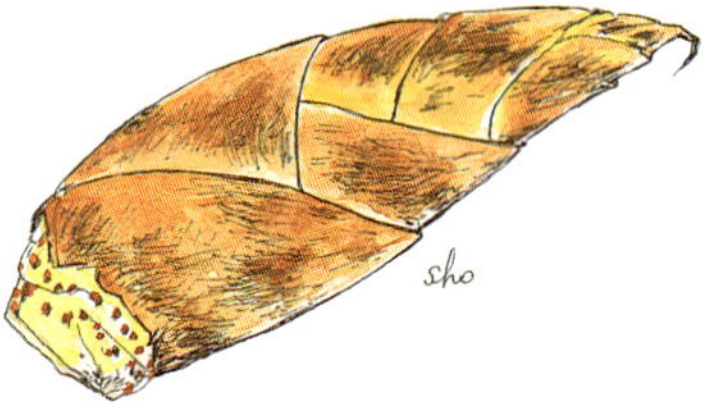

京都の南郊、乙訓《おとくに》は、見事な竹藪《たけやぶ》で有名だ。その乙訓の長岡天神の池畔に〔錦水亭《きんすいてい》〕という、筍料理専門の料理屋があって、むかしは、食べさせるだけでなく、泊めてもくれた。

池のほとりに、大小の離れ屋がたちならび、ここに泊ると、別世界へ来たおもいがした。掘りたての筍を、吸い物、炊《た》き合わせ、刺身、木ノ芽和え、でんがく、天麩羅《てんぷら》、すべて筍料理だが、その旨《うま》いことは、私の友人の言葉ではないが、

「おはなしにならない」

のであった。掘りたての筍が、こんなに、やわらかくて旨いものだと知ったのは、むかし、錦水亭へ泊ってからだ。

いまも私は、筍が大好きである。

筍の刺身
筍の煮物
筍の付け焼き
筍の木ノ芽和《あ》え
筍御飯

筍《たけのこ》の茹《ゆ》で方

先っぽと根をはすに切った筍を、糠《ぬか》と水のたっぷり入った鍋《なべ》に入れ、弱火で竹串《たけぐし》が通る位まで茹でる。糠の臭みを取るため真水に半日程漬《つ》け、根の硬いところをぐるむきに取る

筍御飯

●材料　筍　米　昆布《こんぶ》　醤油《しょうゆ》　酒　塩

筍を薄く短冊《たんざく》に切り、水と昆布、酒、醤油、塩（吸い物よりやや濃い口）を加えた出汁《だし》に一時間位浸す。米3合に対し出汁は炊《た》き上りの蒸発分を含め3.5合位とし、筍と一緒に炊く

筍の付け焼き

●材料　筍　木ノ芽　醤油　みりん　酒

輪切りと半月に切った筍をつけ汁（醤油2、みりん1.5、酒1）に30分漬け込んでから、串を通してあぶる。途中つけ汁を3回位かけ、最後に木ノ芽をのせる

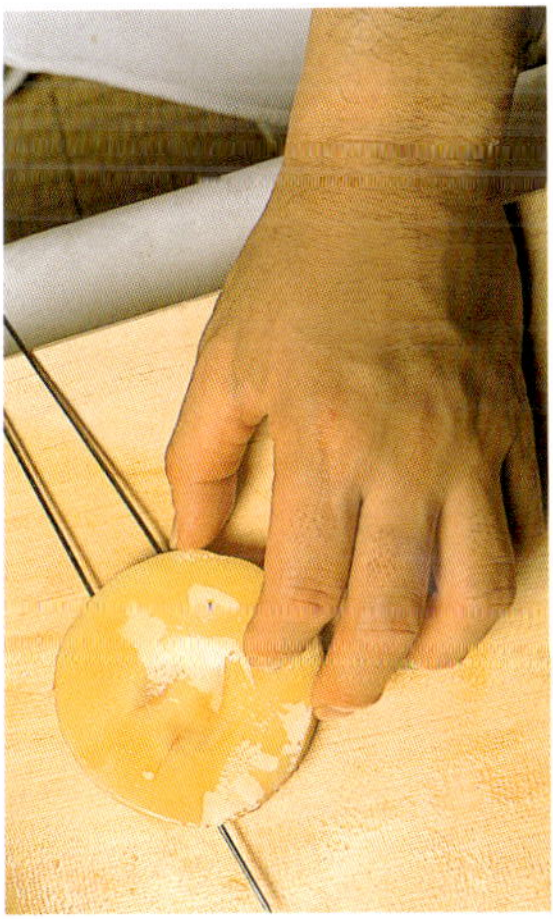

筍の木ノ芽和《あ》え

●材料　筍　木ノ芽　白味噌《しろみそ》　みりん

味噌にみりんを入れ、柔らかくなるまで弱火であぶる

味噌が冷めてから、すり鉢《ばち》ですった木ノ芽と混ぜ合わせる

短冊に切った筍に木ノ芽味噌を和える。盛り付けは、杉の木を想定して、先をとがった形にするとよい

【筍】

「墓詣《はかまい》りをすませましてから、目黒の不動様へ参詣《さんけい》をいたし、裏門前の伊勢虎《いせとら》へ立ち寄り、昼餉《おひる》をいただきますのを、母がその、大変によろこんでくれますもので、私もその母がよろこぶ顔を見たさに墓詣りが欠かせなくなりました」

「おお、うらやましいはなしじゃ。結構、結構」

しきりにうなずく小兵衛の両眼《りょうめ》が、わずかに潤《うる》みかかっているではないか。（中略）

目黒不動・裏門前の料理屋〔伊勢虎〕には、小兵衛も何度か客となっていたし、おはるも知っている。

竹林に包まれた奥座敷へ入り、春は目黒名物の筍、夏は鮎《あゆ》や鯉《こい》などで、ゆっくりと酒食をするのは、なかなかよいものだし、宗兵衛《そうべえ》の母がよろこぶのも当然であろう。

（『勝負』中「小判二十両」より）

作ってみて

筍の朝掘りはまだ夜明けの暗いうちの、地上に出る間際《まぎわ》のものが、空気に触れていなくて、酸化していないのでえぐくなく刺身に美味《おい》しいですね。市場で見る皮の黒いの、先が枯れているのはダメです。

かつて子供の頃《ころ》梅干しを筍の皮で包んでしゃぶったあの香ばしい香りを懐《なつ》かしく想《おも》いますね。今の子供たちはどんな味が思い出につながるのでしょうか。

（近藤）

夏

『辻斬り』・「悪い虫」　中一弥さし絵

鯉《こい》

鯉の味噌煮《みそに》
鯉のあらい
鯨骨《かぶらぼね》と針生姜《はりしょうが》の吸物
菜飯《なめし》
そら豆の塩茹《しおゆ》で

むかし、桑名の〔船津屋〕へ泊ったとき、女中さんのおあきさんが、

「大黒屋の鯉こくは、たまらんがなも」

と、教えてくれたので、翌日、出かけてみた。伊勢《いせ》の多《た》度《ど》神社は、揖斐《いび》川をさかのぼって、桑名の北方三里たらずのところにある。大黒屋は時代劇のセットを見るような、その門前《もんぜん》町にある。創業以来二百五十年もつづいている料理屋だ。奥庭の大きな池は清冽《せいれつ》な湧水《わきみず》が、まんまんとたたえられ、鯉が群れ泳いでいた。

その鯉の皮の酢の物、アバラの肉の揚げ物、ワサビ醤《じょう》油《ゆ》で食べるあらい、照り焼、筒煮、そして鯉こく。さらに尾のから揚げ、眼《め》の玉のつけ焼きなど、多彩な鯉料理に、びっくりしたものである。

大黒屋の人が、こんなことをいった。

「揖斐、長良《ながら》、木曽《きそ》の川でとれた鯉を、うちの池へ入れておきますと、ふしぎに、すっかり臭みがぬけて、身がしまってくるのです」

【鯉の洗いと味噌煮】

小兵衛《こへえ》みずから庖丁《ほうちょう》を把《と》って料理した鯉の洗いに味噌煮。鯨骨《かぶらぼね》と針生姜《はりしょうが》の吸物などで、二人とも威勢よく飲み、食べた。

おはるは、大金が入ったので大よろこびとなり、はねまわるようにして立ちはたらいている。

ただよいはじめた夕闇《ゆうやみ》の中に、若葉のにおいがたちこめてい、どこかで蛙《かわず》の鳴く声がきこえた。

（『剣客商売』中「芸者変転」より）

【鯉の洗いと塩焼き】

小兵衛が苦笑を浮かべ、

「手に持っているのは何だ？」

「ほら、これ……」

おはるが、竹籠《たけかご》の中から鯉を一匹、出して見せた。

秋葉権現社《あきばごんげんしゃ》・門前の、別の料理屋の生簀《いけす》から買ってきたものらしい。

「ほう。これはよいな」

「洗いにして、あとは……」

「塩焼きがいいな」

「あい、あい」

（『勝負』中「時雨蕎麦《しぐれそば》」より）

鯉《こい》のあらい

●材料　鯉　味噌《みそ》　酢　みりん

鯉のバラシ方——鯉は眼《め》をふさぐとおとなしくなる。そこを庖丁《ほうちょう》の背で眉間《みけん》を叩《たた》く。大切なことは肝を潰《つぶ》さないこと

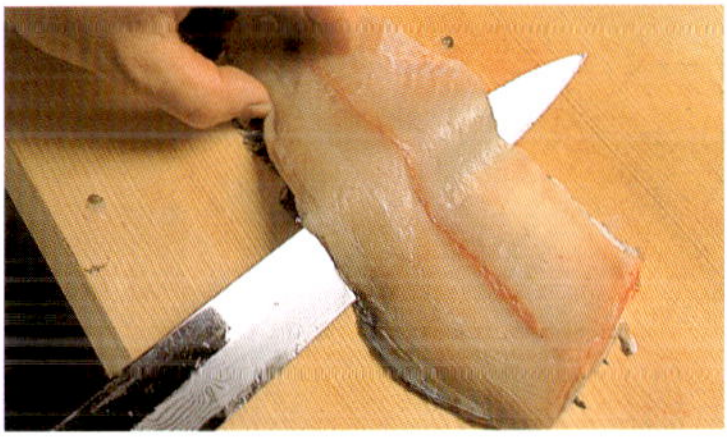

鱗《うろこ》は薄いので落さないまま身との間に庖丁を入れ、三枚におろし、さらに身をやや厚めの羽根切りに切る

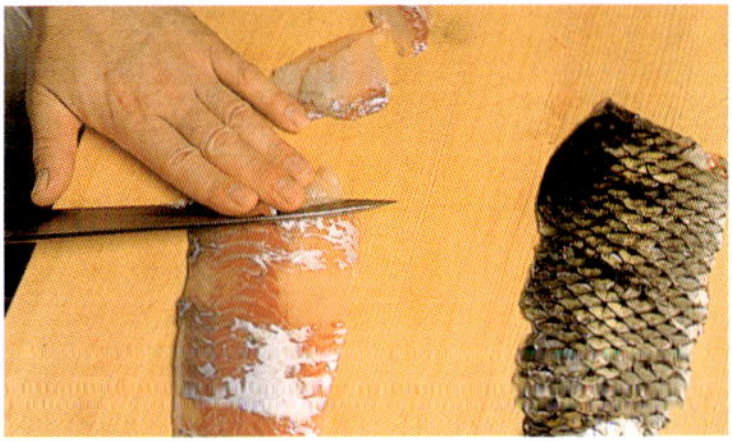

生臭さを取るためと味を淡泊にするため、冷水で手早く洗う

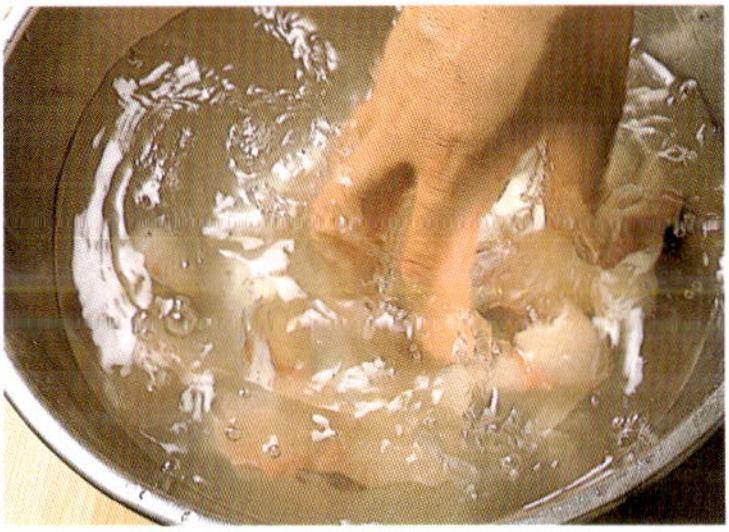

つけ汁の酢味噌は、すり鉢《ばち》に味噌50gを入れ、よくかきまわし、酢大サジ$\frac{1}{2}$、みりん大サジ$\frac{1}{2}$を加え、とろっとなるまで混ぜる

鯉の味噌煮《みそに》

●材料　鯉　味噌　酒　砂糖

鯉は身くずれしないよう鱗は取らないで筒状に切り、竹の皮をしいた鍋《なべ》に並べて（焦《こ》げない、取り出しやすい）、水カップ3、酒カップ1、砂糖カップ$\frac{1}{5}$で煮込む。味噌は少しずつ加え、弱火で20～30分以上、汁をかけながら煮込む

菜飯《なめし》

●材料　大根の葉　米　醤油《しょうゆ》（米2合におたま半杯）　塩

大根の葉を洗い、葉っぱをそろえてみじん切りにする。御飯が炊《た》き上る間際《まぎわ》に醤油と塩少々を入れ、その上に大根の葉をのせる。よく蒸らしてからかき混ぜること

【菜飯】

幕府の組屋敷や武家屋敷に囲まれた小さな一郭に町屋があり、盗賊・土崎《つちざき》の八郎吾《はちろうご》が、いま、寝泊りをしている菜飯屋も其処《そこ》にあった。

店の屋号も何もない。軒行燈《のきあんどん》に〔菜めし〕と書いてあるだけの小さな店だが、

「六道の辻《つじ》の菜飯屋」

といえば、この店だけなのである。

大根や蕪《かぶ》の葉、小松菜など、青菜をきざみ、炊きまぜた飯はいつでもあるが、そのほかには酒。熱い味噌汁。それだけしか出さぬ。

（『隠れ簑《みの》』中「徳どん、逃げろ」より）

作ってみて

鯉という字を魚へんに里と書くのはどこにでもある魚という意味がありますね。鯉の持つ強い生命力は例えば妊産婦が食すると乳の出が良くなるともいわれています。どろぬきは真水に二日間泳がせておくと良いですね。そら豆はたくさん、いっぺんに茹でないこと。灰汁《あく》が強いので量が多いと豆の色がきれいに変わりそこねます。

（近藤）

鰹《かつお》

鰹の刺身
鰹の生姜煮《しょうがに》
はらんぼう（鰹のかま）の塩焼き
めいろし汁
焼きおにぎり

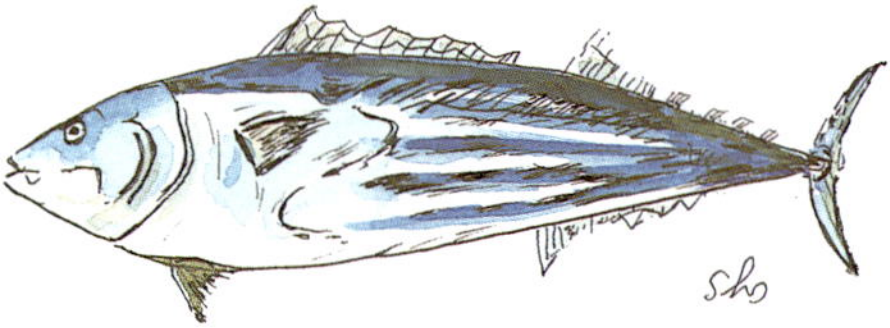

鰹は、薫風《くんぷう》吹きわたる東京の初夏の魚だ。
南方の海をわたって来た鰹の群れは、薩摩《さつま》の南から土佐、紀州の海へ、そして遠州灘《なだ》を経て、伊豆《いず》半島へかかるころには脂《あぶら》ものり、初鰹のシュンということになる。江戸ッ子は、それを待ちかまえていて、金を惜しまずに買う。初鰹の醍醐味《だいごみ》である。
太平洋戦争が始まる前の、銀座裏の小料理屋で、枝豆でビールをのみ、鰹の刺身で御飯を食べると、一円五十銭ほどだった。二円わたし、五十銭の釣《つ》りを、店のねえさんにチップとしてわたす。そうした店で、ときに、新鮮な生鰹《なま》節《り》を野菜と煮合わせたり、割いた胡瓜《きゅうり》と合わせ、甘酢をかけまわして出してくれる。これでビールをのむのは、たまらない旨《うま》さだった。

【鰹の刺身】


夏めいてきた或《あ》る日の宵《よい》であった。

膳《ぜん》の上には、六郷蜆《ろくごうしじみ》の味噌《みそ》吸物《すいもの》、鰹の刺身などが出ていて、

「この蜆汁。さすがは長次《ちょうじ》、粉山椒《こなざんしょ》が程よういきいている。不二楼《ふじろう》ゆずりじゃ」

などと小兵衛、上きげんである。


（『陽炎《かげろう》の男』中「嘘《うそ》の皮」より）

＊

久しぶりで宗哲《そうてつ》と碁を囲んだのち、小兵衛は、

（今日はひとつ、宗哲先生を元長《もとちょう》へ案内《あない》しよう）

と、おもいついた。

そして、こころよい初夏の宵を〔元長〕の二階座敷に向い合い、長次が腕を揮《ふる》った小口茄子《こぐちなす》に切胡麻《きりごま》の味噌吸物や、鰹の刺身などで、宗哲と酒を酌《く》みかわしたわけだが、

（今日の宗哲先生は、どうかしていなさる）

と、おもった。


（『陽炎の男』中「兎《うさぎ》と熊《くま》」より）

【生鰹《なまり》の味噌汁】


「さ、おあがり。ともかくも、物を食べられぬようではどうにもならぬ」

「まことに、どうも、御厄介《ごやっかい》をかけまする」

この日の夕餉《ゆうげ》は、鰹を煮熟《にじゆく》したもの……つまり、即製の生鰹節《ぶし》を蒸しくずし、これを濃目《こいめ》の味噌汁に仕立てたものに、高菜《たかな》の漬《つ》け物《もの》。それだけであった。

はらんぼう（鰹《かつお》のかま）の塩焼き

●材料　鰹　塩　すだち

下ろす時にかまの部分を残しておく。かまは、鰹の身の中で一番脂《あぶら》がのっている美味《おい》しいところ

切ったかまに串《くし》を打ち、両面に塩を軽くふりかけ、中火で焼く。焼き上ったら、すだち（ポン酢でもよい）をかけて出来上り

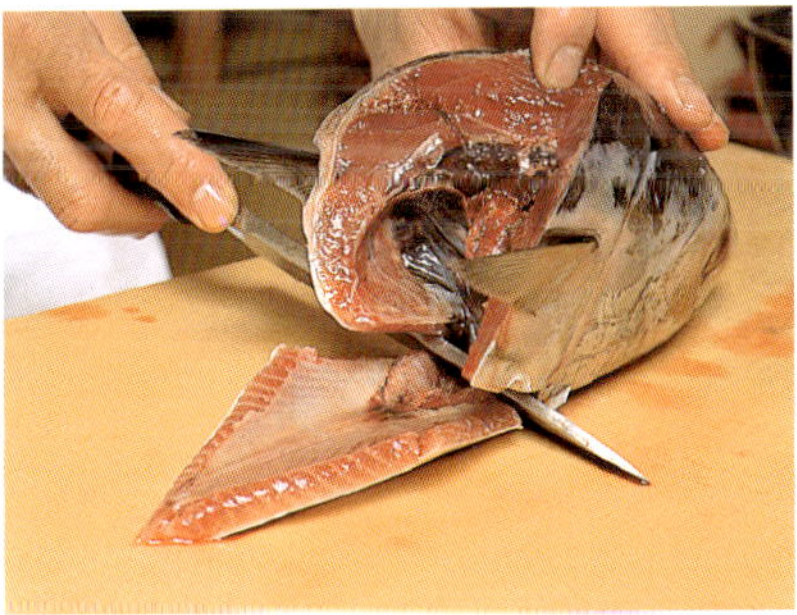

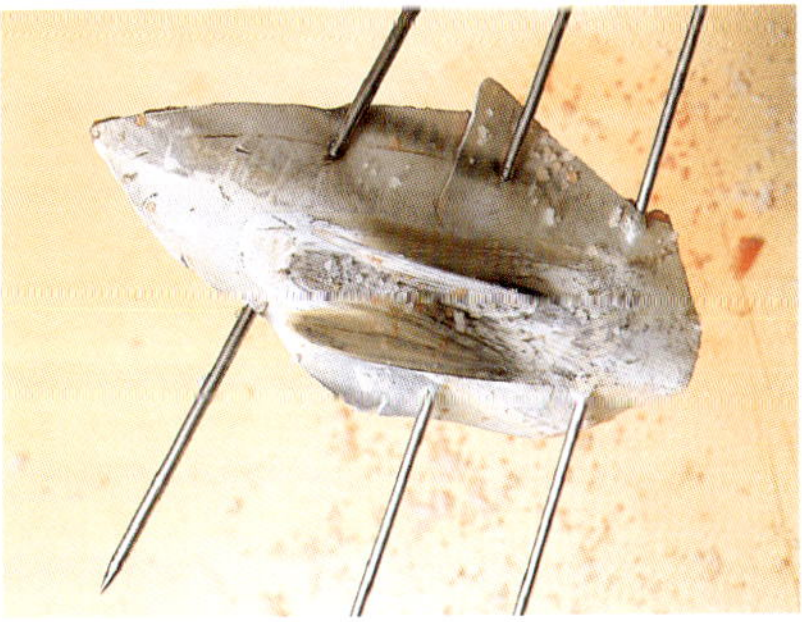

めいろし汁

●材料　鰹　鰹の中骨　人参《にんじん》　大根　牛蒡《ごぼう》　ほうれん草　酒　塩

三枚に下ろした鰹の中骨を三等分に切り、水で血を洗い落とす。鍋《なべ》に中骨と水を入れ、煮汁が透き通るまで一時間位煮込む。裏漉《うらご》しした煮汁に鰹の身と大根、牛蒡、人参を入れ煮込む。最後にほうれん草を加える。味付けは酒と塩だけ

鰹の生姜煮《しょうがに》

●材料　鰹の背の部分の身　生姜　醬油《しょうゆ》　酒　みりん

五枚下ろしにした鰹に酒をふり、布（ガーゼ）で包み20分位蒸す（臭みを取り、煮くずれさせないため）

水5に対して酒2、醬油1.5、みりん1、生姜が入った鍋に鰹を入れ煮込む

初夏の江戸の鰹ゆえ、まだ値《あたい》は安くないが、それにしても質素な食膳《しょくぜん》である。

ところが、生鰹の味噌汁へ口をつけた市蔵が、目をみはるような顔つきになった。

「どうだ、旨《うま》いかね？」

「はい……このようなものを、はじめていただきました」

「そうか」

小兵衛とお貞《てい》が、顔を見合わせてうなずき合い、

「それはよかった」

「市蔵さん。おかわりをして下さいよ」

「かたじけのうございます」

久しく、人の情《なさけ》にふれることもなく、孤独に暮しつづけながら波切道場をまもってきた市蔵だけに、小兵衛夫婦のおもいやりが、よほどにうれしかったのであろう。（『黒白』より）

作ってみて

初鰹の旬《しゅん》は、四月中旬あたりから五月ですが、本当の鰹好きは脂がのってくる七月頃《ごろ》のを好みます。脂が多いため身が柔らかく美味しいですね。もどり鰹というのは秋なのですが、ちょっと身が硬く歯応《はごた》えがあります。これも刺身にするとなかなかのものです。一本で、刺身になり、めいろし汁　生姜煮になる無駄《むだ》のない魚なのです。焼きおにぎりはあまり硬く握らないこと、米をつぶすと旨みがなくなります。最初に焼いてから醤油をつけること、また竹の皮で包むのは食品がいたむのを防ぐ効果もあります。

（近藤）

鮎《あゆ》

愛宕社・一ノ鳥居の茶屋

鮎の塩焼き
あわびの蒸し味噌和《みそあ》え
小口茄子《なす》に切り胡麻《ごま》の味噌汁
白粥《しらがゆ》へ生卵と梅干し

魚の塩焼きといえば、何と言っても鮎だろう。

ただし、焼きたてを、すぐさま頬張《ほおば》らぬことには、どうにもならぬ。

出されたのを、そのままにして酒をのみながら、はなし合っていたりしたら、その隙《すき》に、たちまち味は落ちてしまう。（中略）

鮎はサケと同類の硬骨魚だそうな。

清らかな川水に成育するにつれ、水中の石に附着する珪《けい》藻《そう》や藍藻《らんそう》(石垢《いしあか》)を餌《えさ》とするので、それがため、魚肉は一種特別の香気を帯びる。その香気。淡泊の味わい。たおやかな姿態。淡い黄色もふくまれている白い腹の美しさを見ていて、

「ああ……処女を抱きたくなった……」

突如、けしからぬことを叫んだ男が、私の友だちの中にいる。

いまは、鮪《まぐろ》でさえも養殖しようという世の中になってしまったけれども、鮎だけは、

「夏来《きた》る」

の、詩情を保ちつづけている。（『味と映画の歳時記』より）

【鮎】

弥七《やしち》の女房おみねは伝馬町《てんまちょう》で〔武蔵屋《むさしや》〕という料理屋を経営している。

「まあ、先生。弥七はいま、外へ出ておりますので」

「おみねさん。今日は帰るまで待たしてもらうが、いいかえ」

「はい、はい。そうなすって下さいまし。ちょうど、よい鮎が入っておりますし……」

「それはいい。酒もたのむ。おやおや、いつの間にか夕暮れになってしまった。腹もぺこぺこさ」

武蔵屋の二階座敷で、小兵衛《こへえ》が、おみねこころづくしの料理で酒をのんでいると、やがて、弥七が帰って来た。

(『剣客商売』中「御老中毒殺」より)

【白粥へ生卵と梅干し】

冬の夜の、火の気もない二間《ふたま》きりの小さな家の中で、村松太九蔵《たくぞう》は大刀を抜きはらい、血に曇った刀身を凝視する。

「まだ……まだ、死ねぬぞ」

村松の唇《くち》から、つぶやきが洩《も》れた。

「まだだ。まだ、十人あまりもいる……」

刀を鞘《さや》におさめ、煮えた白粥へ卵を二つ落し込み、村松は箸《はし》を手にした。

行慶寺の和尚《おしょう》が届けてくれる梅干を二つ三つと食べ、ゆっくりと白粥を口へはこぶのである。

(『十番斬り《じゅうばんぎ》』中「十番斬り」より)

鮎《あゆ》の塩焼き

●材料　鮎　塩

串《くし》は鮎の口の方から刺し、真直《まっす》ぐに魚を動かしながら背骨にそって突き通す。粗塩で背びれ、尾びれ、腹びれに化粧塩する（焦《こ》げるのを防ぐ）。焼き方は表七分、裏三分の割で焼くと丁度よい

小口茄子《なす》に切り胡麻《ごま》の味《み》噌《そ》汁《しる》

●材料　茄子　胡麻　昆布《こんぶ》　味噌

茄子は灰汁《あく》をとるため、丸のまま湯の中に入れてゆがき、小口切りにする。胡麻は煎《い》った後、庖丁《ほうちょう》で細かく切る。昆布出汁《だし》に味噌を加え、茄子を弱火で10分程煮て、一時火を止める。再び5分程温めた味噌汁を器に盛った後で胡麻を加える

あわびの蒸し味噌和《あ》え

●材料　あわび　卵黄　白味噌　酒　みりん　塩

あわびを殻《から》からはずす時は、下ろし金の把手《とって》のところを使う。へそにさし込み、まわりの内臓をこわさないようにはぎ取る

口(赤い部分)を切り取り、身は塩をまぶし、たわしでこする(まわりのぬるぬるとゴミを取り、身をしめるため)

ボウルに半分程の酒に、水洗いしたあわびを入れ、弱火で一時間位、串がすうっと通る位の柔らかさになるまで蒸す

白味噌にみりんを加え、すり鉢《ばち》でよくかき混ぜてから、卵の黄身を加える

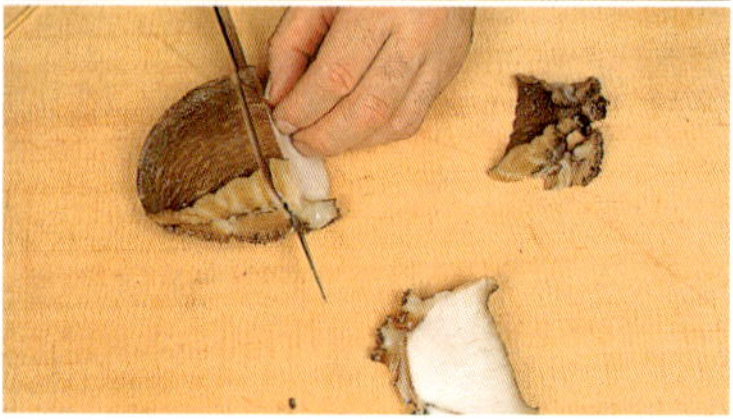

あわびをそぎみに切り、味噌と和え、盛り付ける

【あわびの蒸し味噌和え】

「は……」

「何を妙な顔をしているのじゃ。さ、飲め。飲みたくなければ、たくさんおあがり。まだまだ、来るぞ。今日はな、長次《ちょうじ》が得意の鮑《あわび》の蒸切《むしきり》という料理《やつ》が出るらしい。味噌をめしらって、なかなかうまいものだぞ」

秋山父子《おやこ》が長次夫婦に見送られて、元長《もとちょう》を出たのは五ツ（午後八時）をまわっていたろう。

初夏の夜で、しかも浅草寺《せんそうじ》・門前のことだし、並木町を行く父子の向うに、雷門前・広小路《ひろこうじ》の灯《あか》りが浮き立ち、人通りもすくなくない。

（『陽炎《かげろう》の男』中「嘘《うそ》の皮」より）

作ってみて

あわびの旬《しゅん》は六月頃《ごろ》から十月頃にかけて美味《おい》しいものが出回ります。あわびにも雄、雌があり、身の色が青いのが雄で刺身用、赤いのが雌で蒸し料理用になっています。

茄子料理はたくさんありますが、焼き茄子は電子レンジなどで焼くよりじかに火で焼いた方が香ばしく、皮と身のあいだの旨《うま》さが違います。お試しください。

粥は水と米の分量で六分粥、七分粥と言いますが、何といってもまず美味しい水と米の組合せです。土鍋《どなべ》か鉄鍋で中火でゆっくり、焦げ目をつけずに、が大切です。（近藤）

鰻《うなぎ》

鰻の蒲焼《かばや》き
鰻の山椒味噌《さんしょみそ》付け焼き
とろろ飯
茄子《なす》の丸煮
白瓜《しろうり》の塩揉《しおも》み

鰻が、現在の調理法に到達し、万人に好まれるようになったのは、わずか百数十年前のことだ。それまでは、丸焼きにして、豆油《たまり》やら山椒味噌やらをつけ、はげしい労働をする人びとの口をよろこばせはしても、上品な食べ物とはいわれなかった。しかし、豊かな滋養があることは、むかしから知られていて、万葉集にも、鰻が夏瘦《や》せによいことを詠《よ》んだ、大伴家持《おおとものやかもち》の一首がある。

鰻の蒲焼は、日本の四季に合っていて、いまや天然の鰻だけでは客の要望をみたしきれない。大正のころから始まった養殖の方法も、大層、進歩しているらしい。しかし、

「天然ものの鰻は、なかなか、さきにくいのです。中には、ひどく、暴れるのがいますから」

と、聞いたことがある。

戦前、利根《とね》川べりの旗亭で、鰻の天麩羅《てんぷら》を一度だけ食べたことがあった。おもったより、あっさりとした味で旨《うま》かった。

【鰻】


「何の商売だね？」

「辻売《つじう》りの鰻屋です」

辻売りの鰻屋というのは、道端へ畳二畳ほどの木の縁台を出し、その上で鰻を焼いて売る。

このごろは、江戸市中の諸方に、辻売りでない店構えの鰻屋もちらほらとあらわれたようだが、

「ありゃ、ひどいものさ」

などと、ものごとにこだわらぬ秋山小兵衛さえも、あまり、鰻を好まぬようだ。

鰻というものは、この当時の、すこし前まで、これを丸焼きにして豆油《たまり》やら山椒味噌やらをつけ、はげしい労働をする人びとの口をよろこばせはしても、これが一つの料理として、上流・中流の口へ入るものではなかったという。

それが、上方《かみがた》からつたわった調理法で、鰻を腹から開いて、食べよいように切り、これを焼くという……そうなってから、

「おもったよりも、うまいし、それに精がつくようだ」

と、江戸でも、これを食べる人びとが増えたそうな。

この後、約二十年ほどを経て、江戸ふうの鰻料理が開発され、背びらきにしたのを蒸しあげて強い脂《あぶら》をぬき、やわらかく焼きあげ、たれにも工夫が凝らされるようになり、ここに鰻料理の大流行となる。


（『辻斬《つじぎ》り』中「悪い虫」より）

鰻《うなぎ》の蒲焼《かばや》き

●材料　鰻　醤油《しょうゆ》　酒　みりん

背開きにした鰻に竹串《たけぐし》を刺し、強火で10分位蒸し、たれ（醤油5カップ、みりん5カップ、酒2カップを40分～一時間、弱火で煮込む）を付け、焼く

山椒味噌付け焼きは、合わせ味噌に山椒とみりん、酒を加え掻《か》き混ぜ、素焼きにした鰻（強火で5分位）の片面にぬり再度数分焼く

白瓜《しろうり》の塩揉《しおも》み

●材料　白瓜　しその葉　塩

丸のまま水洗いし、塩をつけてしごく（皮が柔らかくなる）。半分に切り、種を出し、小口切りにする塩を軽くふり混ぜ、塩がしみこむよう5分程おき、揉み、しその葉を刻んで一緒に和《あ》える

とろろ飯

●材料　山芋　鰹節《かつおぶし》　昆布　醬油

山芋の皮を剝《む》き、すりおろし、出汁（鰹節、昆布）を、とろろ1に対し3位の割で加え、よく混ぜる。好みの量の醬油を入れ味を調える

茄子《なす》の丸煮

●材料　茄子　醬油　酒　みりん　昆布《こんぶ》

茄子を水洗いし、へたを切り、箸《はし》で数回身を刺し（汁をしみこませ、皮が破れるのを防ぐ）、出汁《だし》（水1、醬油1、酒0.5、みりん0.5、昆布）に入れ、中火で20分位煮込む。火を止めた後も汁をしみこませるためおく

【茄子の丸煮】

「先生……」

と、九万之助《くまのすけ》の身のまわりを世話している権兵衛《ごんべえ》という老僕が、蕎麦《そば》の実をまぜた嘗《なめ》味噌と茄子《なすび》の丸煮を運んで来て、

「いやな奴《やつ》が、めえりましたよう」

しわだらけの老顔を顰《しか》めて見せた。

（『剣客商売』中「まゆ墨の金ちゃん」より）

【とろろ飯】

台所で庖丁《ほうちょう》の音をさせながら、おはるが、

「若先生。今夜は、うめえものをたんとこしらえますよう」

声を投げてよこした。（中略）

小兵衛が、竜野庄蔵《たつのしょうぞう》の一件を語るうちに、酒の仕度ができた。

酒がすむと、今夜は〔とろろ飯〕であった。

（『白い鬼』中「白い鬼」より）

作ってみて

山芋は縄文《じょうもん》時代からあったと言われていますね。とろろにすると消化が良いというのは、消化酵素のアミラーゼが大根おろしより多く含まれているからなのです。御飯も温かいほうがアルファ澱粉質《でんぷんしつ》があり消化に良いのです。とろろ飯は冷やしたとろろ、温かい御飯、互いに味を引き立たせますね。

（近藤）

茄子《なす》

うずらの焼き鳥
煮蛸《にだこ》の黒胡麻《くろごま》味噌和《みそあ》え
胡瓜《きゅうり》の糠漬《ぬかづ》け
焼き団子
蕎麦《そば》がき手《て》桶《おけ》
新牛蒡《しんごぼう》と茄子の角切り味噌汁

夏が来て、茄子が出るようになると、よく洗って薄切りにし、塩でもみ、さらに醤油《しょうゆ》を落して食べる。

この茄子が、旨《うま》くて旨くて、たまらないのだ。

海軍へ入ったことによって、私の偏食は、ほとんど影をひそめ、好物が増えた。茄子もその一つである。

むかし、絵師の英一蝶《はなぶさいっちょう》が或《あ》る大名と張り合って手に入れた石燈籠《いしどうろう》へ灯《あか》りを入れ、夏の夕闇《ゆうやみ》も濃い庭をながめつつ、出入りの八百屋が置いて行った初物《はしり》の茄子一品のみを膳《ぜん》にのせ、これを肴《さかな》に酒をのみながら、

「天下に、これほどのぜいたくはない」

と、うそぶいたそうだが、石燈籠はさておき、漬きかげんの、あざやかな紺色の肌《はだ》へ溶き芥子《がらし》をちょいと乗せ、小ぶりのやつを丸ごと、ぷっつりと嚙《か》み切るときの旨さを何と形容したらよいだろう。

さほどに、この夏の漬物の王様の味わいは一種特別のものだ。

煮びたし、網焼き、蒸し焼き、シギ焼き。いずれもわるくはないが、何といっても糠漬けがいちばんだ。

（『味と映画の歳時記』より）

【莢《さや》いんげんと茄子の山椒《さんしょ》醤油あえ、煮蛸の黒胡麻味噌和え】


「たまには、元長へでも行ってみようか」

と、夕餉《ゆうげ》の仕度にかかろうとするおはるをとどめ、二人して、つい先程、この二階座敷へあがった秋山小兵衛《こへえ》なのだ。

長次《ちょうじ》は先《ま》ず、下ごしらえをした莢いんげんと茄子を、山椒醤油であしらったものを出しておいてから、鯔《ぼら》の細《ほそ》づくりを小兵衛の前へ運ばせた。

「あたしは後で、煮蛸へ黒胡麻の味噌をまぶしたのが食べたい」

などと、おはるが上機嫌《じょうきげん》でいうと、

「それほどに、お前は台所仕事がいやかえ」

と、小兵衛にいわれた。

「でも、たまに、こうして外へ出て食べると、気が清々とするんですよう」

「そんなものかのう」

「毎日じゃあ、困るけれど……」

「どうして?」

「お金《たから》が、つづかないもの」

いったん、階下へ降りて行ったおもとが、小海老《こえび》に焼豆腐の吸物を運んで来た。


(『狂乱』中「毒婦」より)

煮《に》蛸《だこ》の黒《くろ》胡《ご》麻《ま》味《み》噌《そ》和《あ》え

●材料　蛸　味噌　黒胡麻　みりん　塩

臓物を取り除き、塩でよくもんだ生蛸を、塩をひとつまみ加えた沸騰《ふっとう》した湯で煮る。蛸が丸まってピンク色になった頃《ころ》引き上げる（約15分）

煎《い》り胡麻（3）をすり潰《つぶ》し、味噌（1）にみりんを入れ混ぜる。蛸の足を乱切りにし、黒胡麻味噌と混ぜる

焼き団子

●材料　上新粉　白玉粉　醤油《しょうゆ》　みりん

上新粉4、白玉粉1、ぬるま湯4をこねて、柔らかくなったら、細かくちぎって蒸す

15～20分蒸し、透明になってきたら、再びこねる。粘りが出たら小さくちぎって丸める

竹串《たけぐし》に刺して焼く。途中で、醤油1、みりん1を煮詰めたたれを付け、もう一度焼く

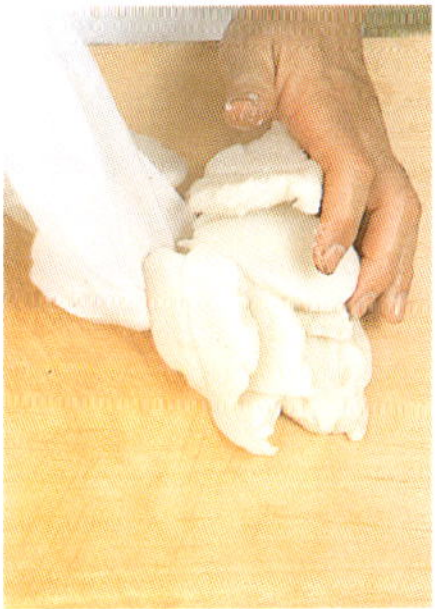

新牛蒡《しんごぼう》と茄子《なす》の角切り味噌汁

●材料　牛蒡　茄子　昆布《こんぶ》　味噌

茄子は煮崩れないように角切りにする。牛蒡は皮を庖丁《ほうちょう》の背で削ぎ、ハス切りにし、水に浸して灰汁《あく》を抜く

昆布の出汁《だし》に味噌を溶き、まず牛蒡を入れ、柔らかくなったら茄子を加え、茄子が煮えたら火を止める

蕎麦《そば》がき手桶《ておけ》

●材料　蕎麦粉　醤油

蕎麦粉に熱湯を加え、手早く、力強く、かき混ぜる

味見をしながら醤油を加える。かき混ぜるほど粘りが出て、旨《うま》みが増す

混ぜ終ったら、手桶に盛る

【新牛蒡と茄子の角切《かくぎ》り味噌汁】

「三冬《みふゆ》さまの胃ノ腑《ふ》は、底なしでございます」

と、粂太郎《くめたろう》はいう。

三冬は、茄子の角切に、新牛蒡のささがきを入れた熱い味噌汁で、飯を三杯も食べてしまい、食べ終って、さすがに大治郎の視線を外し、

「根岸から、ここまでまいりますと、お腹《なか》も空《す》きます」

と、いったものだ。

（『白い鬼』中「三冬の縁談」より）

作ってみて

蕎麦がきはよく母親が作ってくれて、生姜《しょうが》醤油でおやつがわりに食べていました。蕎麦ぼうろや蕎麦落雁《らくがん》等、蕎麦を使ったお菓子は結構あります。蕎麦は血圧を下げる効果があり、健康食品です。蕎麦粉はスーパーで簡単に手に入りますので、家庭で作ってみてはいかがでしょう。牛蒡は初夏が旬《しゅん》です。今回の味噌汁も牛蒡の香りがとても良いですね。夏が旬の野菜は、蓮《はす》、さつま芋、里芋、玉葱《たまねぎ》、アスパラガス、ゆり根等がありますから、色々な料理に使ってみてください。

（近藤）

鱸《すずき》

鱸の塩焼き
冷奴《ひややっこ》
ずいきと揚げの煮付け
冷やし汁
胡瓜《きゅうり》揉《も》み

鱸は、稚魚から老大《ろうだい》（三尺余に達するものも珍らしくない）するまでに、セイゴ、フッコと名が変る、つまり出世魚だが、何といっても旨《うま》いのは盛夏で、だから、洗いにして食べるにかぎるという人もいるし、

「いや、塩焼きが、何ともいえない」

「吸い物もいい」

このように、ファンが多い鱸は、高級魚といってよい。

秋になって、川から海へもどって来た〔落ち鱸〕を待ち、チリなべにするのを待ちこがれている人もいる。

【鱸の塩焼】

文吉の庖丁《ほうちょう》で、鱸の塩焼が出た。

客がまた二人、三人と入って来て、夫婦がいそがしくなった。小兵衛は、それをうれしげにながめつつ、手酌《てじゃく》でゆっくりとのみはじめた。

（『天魔』中「夫婦浪人」より）

【冷奴】

そこへ、寺嶋《てらじま》村の豆腐屋が毎朝の豆腐を届けに来た。

夏になると、小兵衛は朝から豆腐を食べるので、日に四丁の豆腐が要る。

井戸水でよくよく冷やした豆腐の上へ摩《す》り生姜《しょうが》をのせ、これに、醤油《しょうゆ》と酒を合わせたものへ胡麻《ごま》の油を二、三滴落したものをかけまわして食べるのが、小兵衛の夏の好物であった。

その〔かけ汁〕の加減がむずかしくて、おはるは少女のころから小兵衛の許《もと》にいて、このかけ汁をこしらえてきたわけだが、このごろ、ようやく小兵衛の文句が出なくなった。

「剣術つかいは飲み食いの加減がうるさいねえ、三冬さま。おたくの若先生もそうですかね？」

などと、つい二、三日前に、隠宅へあらわれた三冬へ、おはるがいったものだ。

（『勝負』中「小判二十両」より）

【芋茎《ずいき》と油揚の煮付け】

老僕の権兵衛《ごんべえ》の手で、軽い中食《ちゅうじき》が出された。

にぎりめしへ味噌《みそ》をまぶしたのを、さっと焙《あぶ》ったものと、芋茎と油揚を煮た一鉢《ひとはち》。塩漬《しおづけ》の秋茄子《なす》などの簡素な中食であったが、長年、九万之助《くまのすけ》に仕えていて、身のまわり一切の世話をしている権兵衛だけに、なかなか手ぎわがよいのである。

（『狂乱』中「狂乱」より）

鱸《すずき》の塩焼き

●材料　鱸　塩

こけ（鱗《うろこ》）を落す

三枚に下ろすように庖丁《ほうちょう》を入れる。身に小骨が残らないように手で開く。塩は遠目にかけるとまんべんなくかかる。かまは脂《あぶら》がのっていて、特におすすめ

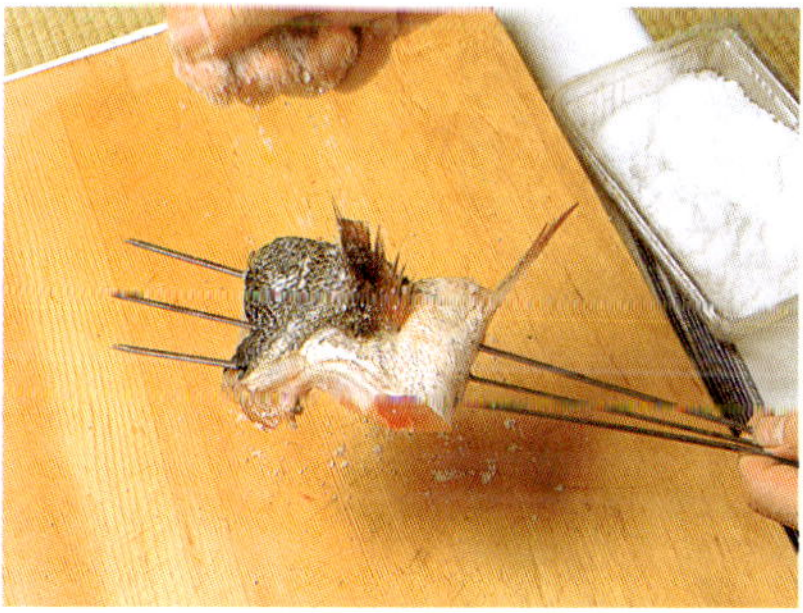

冷やし汁

●材料　鰹節《かつおぶし》　昆布《こんぶ》　味噌《みそ》　御飯

削った鰹節、昆布でよく出汁《だし》をきかす。ただし、臭みが出るので、鰹節、昆布とも余り煮立てないこと。味噌を溶いてから裏漉《うらご》しし、冷水でひやし、冷ました御飯にかける

ずいきと揚げの煮付け

●材料　ずいき1束　揚げ3枚　醤油《しょうゆ》　酒　みりん　酢

ずいきの皮をむき5センチの長さに切り、沸騰《ふっとう》した湯に酢少々入れ、ゆがいた後、冷水にさらす

揚げを2センチ位に切り、水3カップ、醤油1カップ、酒1カップ、みりん1カップで5分位煮込んだ後、ずいきを入れ煮る（20分位）

【冷やし汁】

今朝も暗いうちに、たんねんに出汁《だし》をとってこしらえた味噌汁を鍋《なべ》ごと大きな笊《ざる》に入れ、裏の石井戸の中へ吊《つる》し下ろし、よく冷やしておいた。

小兵衛はこれを「冷やし汁」などとよんで、夏の大好物の一つにしている。

この冷やし味噌汁の中には、絶対に実《み》を入れない。

それと、これも早くから炊《た》きあげて冷《さ》ましてある飯。

ほどよく漬けた茄子の香の物へは、溶き芥子《がらし》をそえ、それに葱《ねぎ》をきざみこんだ炒卵《いりたまご》で、小兵衛が飯を三杯もおかわりしたものだから、

「そんなに食べて、大丈夫かね、先生……」

「年寄りが日盛りの町へ出て行くのじゃ。これほどにしておかなくては、精気が失《う》せて霍乱《かくらん》を起してしまうわえ」

（『隠れ蓑《みの》』中「決闘・高田馬場」より）

作ってみて

大豆は畑の蛋白質《たんぱくしつ》と言われていますが、そのほとんど（99パーセント）がアメリカからの輸入に頼っています。豆腐は古くから親しまれてきた食品なのです。冷奴も誰でも簡単に楽しめる料理ですが、小兵衛さんが豆腐の上に胡麻油《ごまあぶら》をひとふりかけますが、あれは豆腐の旨みを引き出すハッとする発見ですね。味噌汁は合わせ味噌に、出汁はちゃんと鰹節を削って料理することです。

（近藤）

軍鶏《しゃも》

軍鶏鍋
白瓜《しろうり》の雷干《かみなりぼ》し
隠元と小茄子《なす》の山椒醤油漬《きんしょじょうゆづ》け
そうめん

「あそびにおいで」
というので、井上と二人で、茅場町《かやばちょう》にあったレストラン〔保米楼《ほめろ》〕の、ロースト・ビーフのサンドイッチを大箱につめさせ、これを手みやげにして出かけて行くと、三井じいさん、すぐさま箱を開け、二匹の猫《ねこ》に惜しげもなくあたえ、自分も細君と共に食べる。

酒が出て、軍鶏の鍋が出た。

じいさんはそのとき、芋酒なるものを、しきりにすすった。

なんでも、山の芋を切って熱湯にひたし、引きあげて摺《す》りつぶし、これへ酒を入れてねってから、燗《かん》をして出す。

「こいつをやらないと、若い女房の相手ができないのでね」
と、三井じいさんが眼《め》を細めていう。

後年、芋酒が江戸時代からあったことを私は知って、さっそく、小説につかった。（中略）

また、三井じいさんと若い細君の暮しぶりは、去年から連載をはじめた〔剣客商売〕の主人公で老剣客の秋山小兵衛《あきやまこへえ》と若いおはるの生活に、知らず知らず浮出てしまったようである。

（『食卓の情景』より）

【軍鶏鍋】


つぎは軍鶏である。

これは、おはるが自慢の出汁《だし》を鍋に張り、ふつふつと煮えたぎったところへ、軍鶏と葱《ねぎ》を入れては食べ、食べては入れる。

醤油も味噌《みそ》も使わぬのだが、

「ああ……」

三冬《みふゆ》が、何ともいえぬ声を発して、

「私、このように、めずらしきものを、はじめて口にいたしました」

「うまいかな?」

と、小兵衛。

「何とも、たまらずにおいしゅうございます」

なるほど、田沼意次《たぬまおきつぐ》邸では、このようなものを口にすることはできなかったろう。

すっかり食べ終えると、鍋に残った出汁を漉《こ》し、湯を加えてうすめたものを、細切りの大根を炊《た》きこんだ飯にかけまわして食べるのである。

「うまいな。久しぶりじゃ」

「この出汁は、どのようにして?」

「はあい、三冬さま。今度、教えてあげますよう」


(『春の嵐《あらし》』より)

軍鶏鍋《しゃもなべ》

●材料　軍鶏　大根　里芋　椎茸《しいたけ》　葱《ねぎ》
玉葱　生姜《しょうが》　昆布《こんぶ》　米　醤油《しょうゆ》　酒　砂糖

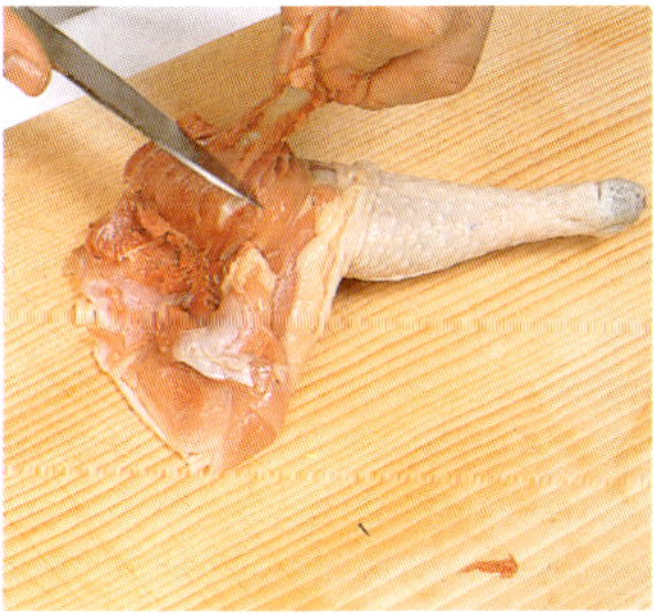

軍鶏肉の関節を切り、骨に沿って身をそいでおく。もも肉は足の方へ向けて庖丁《ほうちょう》を入れる

出汁《だし》が重要である。まず一杯に水を張った鍋《なべ》に昆布をしき、軍鶏の頭、足、ガラと葱の青い部分、玉葱、生姜を刻んで入れ、弱火で四時間程煮込む

煮込み始めて三時間程して、臭みを抜くために1/2合の煎《い》った米を加え、出汁が澄んできたら絹ごしにして、出汁5に醤油2、酒1、砂糖少少で味を調える

半月切りにした大根、里芋、椎茸、葱を出汁で煮て、最後に軍鶏の肉を加える

白瓜《しろうり》の雷干《かみなりぼ》し

●材料　白瓜　削り節　昆布　金山寺味噌《みそ》
醤油　みりん　塩　酢

瓜の両端を切り、太目の箸《はし》等で種を突き取る。箸等を入れたままで螺《ら》旋状《せんじょう》に庖丁を入れ、10分程塩水にさらし、一〜二時間陰干しにして、食べやすい大きさに切る
▼醤油漬《づ》け／削り節と昆布の出汁に同量の醤油を加えて煮つめ冷ました汁に三時間▼味噌和《あ》え／食す前に金山寺味噌で▼酢漬け／沸騰《ふっとう》したみりん5に酢4を加えさっと煮てさましたものに二時間

隠元と小茄子《なす》の山椒醤油漬《さんしょじょうゆづ》け

●材料　隠元　小茄子　粉山椒　醤油
みりん

へたを取った小茄子とさっと湯掻《ゆが》いた隠元に、醤油5、みりん1、粉山椒を加える
重しをして、半日漬け込む

【瓜の雷干し】

さて……。

豆腐と焼茄子の味噌汁、瓜の雷干しで朝餉《あさげ》の膳《ぜん》についた秋山小兵衛が、

「実は、な……」

その心配事を語り終えたとき、おはるは箸を手にすることも忘れ、目をみはったまま、しばらくは言葉も出なかった。

（『勝負』中「小判二十両」より）

作ってみて

軍鶏の肉は一歳未満の若鶏《わかどり》の身が柔らかく旨《うま》みがあります。鶏と較《くら》べると肉が硬いのですが、猪《いのしし》などの獣のように煮込むと味が抜けてしまいます。頭や足でしっかり出汁をとり、肉はさっと煮るだけにしてください。軍鶏はミミズや貝殻《かいがら》をエサにすることで旨みがでます。今の時代ではそんな鶏を仕入れている肉屋を探すことから始めなければなりません。しかし、そうして手に入れた鶏肉はブロイラーとはまったく別物の味わいがあります。

（近藤）

秋

『剣客商売』・「二十番斬り」　中一弥さし絵

松《まつ》茸《たけ》

松茸のほうろく焼き
さわらの松茸ばさみ
松茸御飯
どびん蒸し

「香り松茸、味しめじ」

といわれているように、松茸は何よりも香気を生命とする。そのためには、洗うときから気をつけなくてはならぬこと、いうをまたない。あまり、ゴシゴシと洗って、表面の薄皮をはがしてはならない。

松茸の料理が多彩となったのは、近代になってからだろう。何といっても蒸し焼きが一番だとおもう。橙《だいだい》、カボスは欠かせない。

家庭では、あっさりとバタで焼くのが、簡単で、もっともよいとおもう。

(こんなものが、どうして旨《うま》いのだろう?)

そうおもいながら、秋を待ちかねるのはフグと同じで、松茸も日本の季節と、ぬきさしならぬほど密接にむすびついているからにちがいない。

どびん蒸し、松茸飯、ほうろく蒸し、吸い物など、松茸料理はいろいろあるが、私は松茸炒飯《チャーハン》も大好きだ。

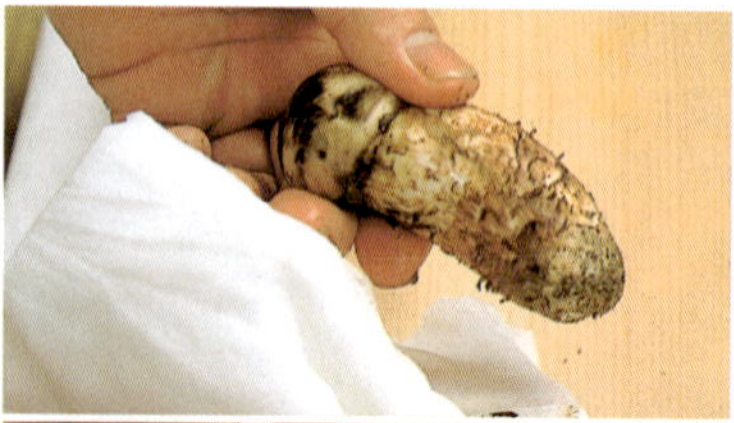

松茸《まつたけ》のほうろく焼き

●材料　松茸　生海老《なまえび》　銀杏《ぎんなん》　塩　すだち

松茸に付いた土をぬれた布巾《ふきん》で軽く拭《ふ》き取る。洗ったり、薄皮を削《そ》いだりすると香りが半減する

根の硬い部分は切り落とし、笠《かさ》の方から十文字に割って、軽く塩を振る

同様に塩を振った生海老、殻付《からつ》きの銀杏とともに、熱した小石を敷き詰めたほうろく鍋《なべ》におき、石の余熱で焼く。あまり焼きすぎないこと

どびん蒸し

●材料　松茸　はも（もしくは穴子）
銀杏　三つ葉　海老　昆布《こんぶ》　鰹節《かつおぶし》
醤油《しょうゆ》　すだち　塩

出汁《だし》は昆布を水から入れ、煮立つ寸前に引き上げ、沸騰《ふっとう》したら鰹節をパッと入れて素早く火を止めて漉《こ》し、醤油、塩を入れる

松茸は好みの大きさに切り、皮を剥《む》いて湯通しした銀杏、骨切りしたはも、三つ葉、海老をどびんに入れ温める

15分位で出来上り、すだちを搾《しぼ》って食べる

さわらの松茸ばさみ

●材料　松茸　さわら　醤油　みりん
酒

さわらの切身を開いて、半分に割いた松茸を挟《はさ》み、つけ汁（醤油5　みりん4　酒1）にそのまま10分程漬《つ》け込み、焼く。焼き目をつけてから二、三度つけ汁に漬けて焼く。松茸の香りがさわらにしみ込み美味《おい》しい。「ぜいたく焼き」とも言う

松茸御飯

●材料　松茸　米　昆布　醤油　酒　塩

昆布を20分位浸した出汁に味を整え（塩少々、醤油大サジ2、酒大サジ2）一度煮たて、米と出汁を同割にして、やや厚めに割いた松茸を入れて炊《た》く

炊き上り後混ぜ合せる

作ってみて

松茸を、味中心に考えるのでしたら、笠《かさ》の開いてないもの、香りに重きをおくなら笠がやや開きかけたものということになりますか。子供の頃《ころ》はそんなに松茸が美味《おい》しいとは思いませんでしたね。今でいうしめじの価値くらいでしょうか。現在は韓国、中国ものが出回っていますが、やはり丹波一帯のものが味、香りとも最高ですね。「剣客商売」シリーズに松茸料理は出てこないのですが、松茸の季節が近づく頃、池波先生とお話ししているうち、是非入れようということになりました。

（近藤）

沙魚《はぜ》

沙魚の甘露煮《かんろに》
みる貝の刺身
里芋の煮物
おかか雑炊《ぞうすい》
秋茄子《あきなす》の香の物

二十年も前のことだが、松島湾でハゼ釣《つ》りをやって、五十七匹も釣ったことがある。そのときは、船頭さんが船の中で天麩羅《てんぷら》にしてくれたが、秋になって、ハゼのシーズンになると、どうしても天麩羅屋へ足が向いてしまう。

しかし、寒くなって、脂《あぶら》がのりきったハゼを刺身にすると実に旨《うま》い。もちろん、甘露煮もよいけれど、酒を加えた醬油《しょうゆ》でさっと煮つけるのが、もっともよい。

沙魚は、その顔、姿に得もいわれぬ愛嬌《あいきょう》があって、絵になる。絵になるが描くのはむずかしい。

【沙魚の甘露煮、海松貝《みるがい》の刺身、秋茄子《あきなす》の香の物】


そのころ……。

秋山小兵衛《こへえ》は、浅草の駒形堂《こまかたどう》裏の小さな料理屋〔元長《もとちょう》〕でゆっくりと、昼餉《ひるげ》をすませていた。

ここは、小兵衛がひいきにしている橋場《はしば》の料亭〔不二楼《ふじろう》〕の料理人・長次《ちょうじ》と座敷女中のおもとが夫婦になってひらいた店である。

小兵衛は、長次が出した海松貝の刺身で酒を五勺《しゃく》ほどのみ、あとは長次夫婦の惣菜《そうざい》だという沙魚の甘露煮と秋茄子の香の物で、飯を一ぜん腹へおさめ、ゆっくりと休息をしてから、

「ああ、うまかった……」

「それにしては大《おお》先生。軽すぎますねえ」

「長次。わしの年齢《とし》を考えろ」

(『十番斬り《じゅうばんぎ》』中「白い猫《ねこ》」より)


【沙魚の煮つけ】


浅草・今戸《いまど》の慶養寺《けいようじ》の門前に、〔嶋屋《しまや》〕という料理屋がある。

表構えは大きくないが、奥行きが深く、裏手は大川《おおかわ》(隅田川《すみだがわ》)にのぞんでいて舟着きもあるし、気のきいた料理を出すので、秋山小兵衛も贔屓《ひいき》にしていた。

秋になると、あぶらの乗った沙魚を酒と生《き》醤油でさっと煮つけたものなどを出して、小兵衛をよろこばせる。

(『波紋』中「敵」より)

沙魚《はぜ》の甘露煮《かんろに》

●材料　沙魚　番茶　醬油《しょうゆ》　酒　みりん　砂糖

沙魚が煮崩れないように串《くし》に刺して軽く焼く

骨を柔らかくして、臭みを抜くために、薄板をしいた鍋《なべ》で番茶で一時間細火で煮たら、番茶を茹《ゆ》でこぼし捨てる。酒1、砂糖0.5、醬油1〜1.5で味を調えながら細火で二時間煮る。火を止める20分前に照りを出すためのみりんを加える

里芋の煮物

●材料　里芋　昆布《こんぶ》　醬油　酒　みりん

たわしで皮を剝《む》いた里芋を、昆布をしいた鍋で中火で煮る。水5、酒5、味をみながら醬油2で調節する。串で刺し、茹で具合をみ、最後は強火にしてみりんを加え、火を消す

おかか雑炊《ぞうすい》

●材料　冷御飯　鰹節《かつおぶし》　昆布　醬油

冷めた御飯をざるにとって水で洗い、一時間程昆布を浸した出汁《だし》とあわせて中火で10分煮る。あまりかきまぜないこと。醬油少々で味を調え、食べる直前に削りたてのおかかをたっぷりとふりかける

【沙魚の刺身】

小兵衛は、台所のおはるへ酒を命じた。それと、沙魚を刺身にして出させた。

「ま、一つ、おやり」

「いただきます」

「弥七《やしち》」

「はい。あ、これは先生。よい酒でございますねえ」

「そうか。よかった」

「沙魚の刺身も久しぶりでございます」

「今朝、又六が持って来てくれたのじゃ」

（『浮沈』より）

作ってみて

鰹節で出汁を取る時のポイントは、削りあがりに合わせて湯を沸かすことですね。水が煮立った時に鰹節をぱっと入れてすぐ火を消す。軽く揺らして、鰹節は引き揚げます。煮すぎると灰汁《あく》が出ますから。また、昆布を使う時は、水にまず少なめの昆布を入れておき、火にかけて気泡《きほう》が出始めた時に引き揚げます。ぐらっときて大きな泡《あわ》が出たら鰹節を入れて火を止める。これを絹ごしします。昆布は利尻《りしり》のものが干し方、厚さ共に最高ですね。

（近藤）

栗《くり》

パリの甘栗売り

むかしは食べものと季節がぬきさしならぬものとなっていたので、東京の下町に貧しく暮していた人びとも、できうるかぎりは、季節のたのしみを味わおうとした。

焼栗の、例の〔甘栗太郎〕は茹《ゆ》で栗よりもうまい。だから子供たちは空地で焚火《たきび》をして、栗を焼いたものだ。

大人たちは、さっそく栗飯を炊《た》く。

食膳《しょくぜん》に栗飯が出ると、子供たちは、正月が近づいて来たとおもう。

栗飯や　いつのほどより時雨《しぐ》れゐし　三山
酒肴《しゅこう》一ぜん　めしは栗のめし　椎花《しいか》

こうした句に、しみじみと心をとらえられるようになるのは大人になってからだろうが、それも子供のころから、自然に育《はぐく》まれていた季節感あればこそだろう。

いまの子供たちは、栗を食べるだろうか。

大人たちは子供に栗を食べさせるのだろうか。

（『味と映画の歳時記』より）

平目の生海苔《なまのり》ぞえ
鯛《たい》の糝薯《しんじょ》
けんちん汁
栗飯
渋柿《しぶがき》の白和《しらあ》え

【栗飯と巻繊汁《けんちんじる》】

飯田《いいだ》粂太郎《くめたろう》を道場へ帰した大治郎が、三冬《みふゆ》をともない、鐘《かね》ケ淵《ふち》の秋山小兵衛隠宅へあらわれると、

「や……ちょうど、よいところへ来た」

台所にいて、おはると仲よく栗の皮を剝《む》きながら、小兵衛が、

「今日の夕餉《ゆうげ》は巻繊汁に栗飯だぞ。三冬さんも食べて行きなさい。あまりうまくて、胃ノ腑《ふ》がびっくりするにちがいない。あは、はは……」

「それは、うれしゅうございます」

このごろ、佐々木三冬も、小兵衛とおはるの関係に、ようやく気づいたらしいが、いささかも嫌悪《けんお》するところがない。

それというのも、いまの三冬は、秋山大治郎という対象を得たからであろう。

（『天魔』中「約束金二十両」より）

【巻繊汁】

「まあまあ、お顔が埃《ほこり》だらけでございますよ。さ、これで、お拭《ふ》きなさいまし」

熱湯をかけて絞った手ぬぐいを二つ、笊《ざる》にのせたのを小兵衛の前へ置いて、お貞《てい》が、

「今日は、ずいぶんと、お歩きになったようでございますね」

「うむ」

小兵衛は徳利の冷酒を茶わんへ入れ、一息に半分ほどのんで、

栗飯《くりめし》

●材料　栗　米（3カップ）　酒（大サジ1）　みりん（大サジ1）　塩（小サジ1）

栗をむいて米と水を同割にした中に入れ、塩、酒、みりんを加えて炊《た》き込む。炊き上がったら、10分位蒸らす。蒸らすのがコツ。

けんちん汁

●材料　豆腐　牛蒡《ごぼう》　人参《にんじん》　椎茸《しいたけ》　大根　麻の実　里芋　海苔《のり》　胡麻油《ごまあぶら》　醤油《しょうゆ》　酒

豆腐の水分を取り（「渋柿の白和え」参照）、おたまで適当にちぎり、切った牛蒡、人参、椎茸、大根とともに鍋《なべ》に入れる

胡麻油で中火で10分位焦《こ》げつかないように炒《いた》め、麻の実を途中で入れる

炒めた材料に出汁《だし》（醤油、酒、水）を入れ、中火で里芋が柔らかくなるまで煮込む。最後に海苔をふる

渋柿《しぶがき》の白和《しらあ》え

●材料　渋柿　木綿豆腐　砂糖　塩

柿の種は、へたを取り、絞るようにだして、身と皮を短冊《たんざく》切りにする

豆腐は水分を取るためにさらしで包み、砥石《といし》位の重石を30分位のせ、充分に水分を取り、水っぽさをなくす

豆腐を裏漉《うらご》しし、砂糖、塩少々を加え、すり鉢《ばち》でまぜ合わせる

柿と豆腐を合わせると出来上り

鯛《たい》の糝薯《しんじょ》

●材料　鯛　里芋　長芋　ほうれん草
昆布《こんぶ》　醤油《しょうゆ》　みりん　塩

鯛は三枚に下ろし、中骨を取り、みじんに叩《たた》く。里芋は皮を剝《む》き水につけておく

すり鉢につなぎの長芋と鯛の身を入れ、昆布を20分位つけた出汁と塩少々を加え、混ぜ合わせる

手のひらで適当な大きさに丸め、火の通りをよくするため、ちょっとつぶしぎみにして湯の中に入れ、中火で20分位煮込む（これが出汁となる）。上りしなに醤油、みりん少々を入れる。15分位煮込んだ里芋を入れ、水洗いしただけのほうれん草を加えて出来上り

「あ……生き返った、生き返った」

わざとらしく、お貞へ笑顔をつくって見せた。

巻繊汁に焼魚と香の物、それだけの夕餉であったが、お貞の手料理はなかなかに旨《うま》い。

小兵衛は沈思にふけりつつ酒をのみ、食事をすませた。

お貞も無言である。

しばらくして、小兵衛は湯殿へ行き、もどって来ると、

「すまぬが、お貞。もう少し、のみたい」

「はい」

酒の仕度をしておいて、お貞は寝間へ行き、臥床《ふしど》の仕度にかかった。

小兵衛は、視線を一点にとどめ、黙然と酒をのみつづけている。


（『黒白』より）

作ってみて

栗の剝き方は下部の固い部分に切れ目を入れ皮を剝くと良いです。煮込む場合は10～20分位中火で、又くちなしの実を入れると栗の天然の色がでます。よく言われますが、渋柿の渋を取るのにはへたの所に焼酎《しょうちゅう》を塗ってビニール袋にいれ十日間置くと甘くなります。又、ドライアイスと一緒にビニール袋に入れて置くとこれも甘くなりますね。　**（近藤）**

冬

『狂乱』・「秋の炬燵」　中一弥さし絵

牡蠣《かき》

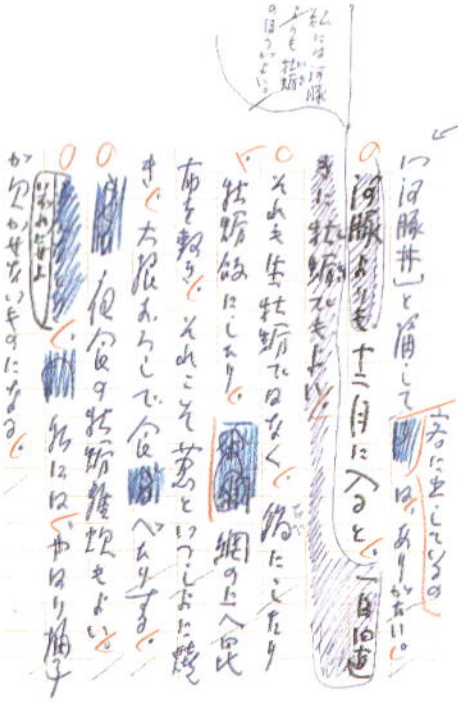

鮎《あゆ》豆腐
かきと生海苔《なまのり》の生姜和《しょうがあ》え
鴨《かも》と冬菜（小松菜）の味噌汁《みそしる》
新米

十二月に入ると、私には河豚《ふぐ》よりも牡蠣のほうがよい。

それも生牡蠣ではなく、鍋《なべ》にしたり、牡蠣飯にしたり、網の上へ昆布《こんぶ》を敷き、それこそ葱《ねぎ》といっしょに焼き、大根おろしで食べたりする。

夜食の牡蠣雑炊《ぞうすい》もよい。

いずれにせよ、私には、やはり柚子《ゆず》が欠かせないものになる。

柚子をかけた大根おろしの一品だけでも酒がのめる。

こうして一日一日と年が押しつまり、大晦日《おおみそか》になると、午後から外へ出て映画の一つも観《み》てから、蕎《そ》麦屋《ばや》へ行き、鴨南《かもなん》ばんで酒を二本ものみ、年越し蕎麦を買って帰るのが十年ほど前までの私の習慣だったが、いまはやらない。……と、書いているうち、今年は、この習慣を復活してみたくなってきた。

（『味と映画の歳時記』より）

【牡蠣と生海苔の生姜和え、鴨と冬菜の汁】


金貸しの老人・浅野《あさの》幸右衛門《こうえもん》は、出がけにじろりと人形師を見たが、そのときの目つきは、

「別人のようでございましたっけ」

と、おもと。

「ふうん。おもしろそうな老人じゃ」

「さあ、なんでございますか……」

いったん、階下へ去ったおもとが、蠣の酢振《すぶり》へ生海苔と微塵《みじん》生姜をそえたものと、鴨と冬菜の熱々《あつあつ》の汁を運んであらわれた。

このように、すこしも体裁にとらわれずに、うまいものが食べられるというので、このごろの元長《もとちょう》は、なかなかどうしてよく繁昌《はんじょう》しているのである。

「金貸しのおじいちゃん、いま、お帰りになるところでございますよ」

「ほう、そうか……」

何気もなく秋山小兵衛《こへえ》は、窓の障子を細目に開け、外を見下ろした。

いましも、杖《つえ》をついた浅野幸右衛門が元長を出て、駒形堂《こまかたどう》の傍《そば》を表通りへ出て行こうとしている。

いつの間にか、夕闇《ゆうやみ》が濃くなっていた。


（『新妻』中「金貸し幸右衛門」より）

かきと生海苔《なまのり》の生姜和《しょうがあ》え

●材料　かき　生海苔　生姜　酢

かきは貝柱のところをかきむきでこじあける

取り出したかきは、先《ま》ず真水で洗い、次に酢と水を半々に入れたボウルで洗う。充分に水洗いした生海苔を適当に切り刻んで、かきに混ぜ、みじん切りした生姜と和える

鴨《かも》と冬菜の味噌汁《みそしる》

●材料　鴨　冬菜（小松菜）　味噌

脂身《あぶらみ》を切り取った鴨を、フライパンで軽く炒《いた》め、味噌汁の中に入れ、灰汁《あく》を取りながら弱火で20分程煮込む

ザク切りにした冬菜を入れ、一煮立ちさせて火を止める。出す前に再度火を入れるのがコツ

鮎《あゆ》豆腐

●材料　落鮎　昆布《こんぶ》　大根　豆腐　葱《ねぎ》
生姜　醤油《しょうゆ》

鮎は串《くし》に刺したまま素焼きにした後、昆布を加えて、二時間位煮込む

初め白濁していた出汁《だし》が透き通ったところで火を止め、汁を漉《こ》し、別の鍋《なべ》に移し替える

半月形に切った大根を出汁に入れ、柔らかくなるまで煮込んだ後、豆腐を入れる（煮すぎないこと）。出来上りを醤油、葱、生姜で食べる

【鮎豆腐】

肴《さかな》は湯豆腐である。

土鍋《どなべ》に金杓子《じゃくし》で削《そ》ぎ入れた豆腐へ大根をきざんでかけまわしてあるのは、豆腐をやわらかく味よくするためで、煮出は焼干の鮎という、まことにぜいたくな湯豆腐だ。

女房が料理屋をしているだけに、四谷《よつや》の弥七《やしち》が目をかがやかせて、

「これはどうも大先生《おおせんせい》。大変な御馳走《ごちそう》でございますねえ」

「梅雨の冷えどきには、湯豆腐もいいものじゃよ」

「まったく……」

（『隠れ簑《みの》』中「大江戸ゆばり組」より）

作ってみて

うまい豆腐というのは、良い大豆と良い水がなければ出来ません。近年は輸入ものの大豆がほとんどだそうですが、少しでもうまい豆腐を食べたいときは、早朝から仕込みをしている小さな店が良いようです。なんといっても大豆は、湯葉、おから、豆乳、豆腐、豆油《たまり》とこれだけのものが出来るのです。豆腐はまた主役（湯豆腐）にも脇役《わきやく》（けんちん汁ほか、がんもどきなど）にもなれる私たちに欠かせない材料なのです。また年中食べられるのがうれしいですね。

（近藤）

鴨《かも》

鴨御飯
白玉
衣被《きぬかつ》ぎ
手長海老《えび》の付け焼き
泥鰌鍋《どじょうなべ》

赤穂《あこう》浪士四十七名が、故主・浅野《あさの》内匠頭《たくみのかみ》の恨みをはらすため、本所《ほんじょ》の吉良上野介《きらこうずけのすけ》邸へ討ち入ったのは、元禄《げんろく》十五年（一七〇二年）十二月十四日の夜で、現代の一月三十日にあたる。

浪士たちは、諸方にわかれ、決められた時刻に合わせて、本所の道筋で合流したのだが、大石内蔵助《おおいしくらのすけ》・主税《ちから》の父子《おやこ》は、泊っていた宿屋から近い、日本橋・矢ノ倉の堀部弥兵衛《ほりべやへえ》の浪宅へ行き、身仕度をととのえた。

このとき、堀部家では、生卵を大量に鉢《はち》へ割り込み、味をつけ、別に煎《い》りつけた鴨の肉を小さく切って混ぜ合わせ、炊《た》きたての飯にかけ、膳《ぜん》に出したという。大石内蔵助は、大変によろこび、

「旨《うま》い。弥兵衛殿の御内儀《おないぎ》は、気がきいたものを出してくれた」

と、いったそうな。私も、まねをしてやってみたが、ちょっと旨いものである。

【鴨】

おはるは、父親が持たせてよこした鴨の肉と、見事な葱《ねぎ》を一束と、芹《せり》と、手打ちの饂飩《うどん》を小兵衛の前へひろげ、

「お父つぁん、今日は、これをとどけに来るつもりでいたんだとよ、先生」

「何よりの御馳走《ごちそう》だ」

小兵衛は、おはるに命じ、鉄鍋《かななべ》で葱と共に焼き、酒をふくませた醬油《しょうゆ》につけて、食べることにした。

酒が出た。

秋山父子は、悠々《ゆうゆう》として鴨を食べ、酒をのんでいるが、さすがに山本孫介は、口に入れるものの味もわからぬ体であった。

酒のあとは〔鴨飯〕である。これは、おはるが得意の料理で、鴨の肉を卸し、脂皮を煎《せん》じ、その湯で飯を炊き、鴨肉はこそげて叩《たた》き、酒と醬油で味をつけ、これを熱い飯にかけ、きざんだ芹をふりかけて出す。

それまで黙念としていた孫介老人も、この鴨飯には、おもわず舌つづみを打ち、

「かようなものが、この世に、ござったのか……」

おどろきの声を発したのである。

（『辻斬り《つじぎ》』中「老虎《ろうこ》」より）

鴨《かも》御《ご》飯《はん》

●材料　鴨半身　米　芹《せり》　醬油《しょうゆ》　酒

鴨肉の脂身《あぶらみ》を煮出した汁で米を炊《た》く。

炊き上る間、別の鍋《なべ》で鴨の身を小3、醬油4、酒5の割合で煮込む(煮すぎると硬くなるので注意)。いったん身を取り出し、煮汁を冷まし、もう一度鴨肉を浸してから薄く切る

肉を御飯の上にのせ、刻んだ芹をかける

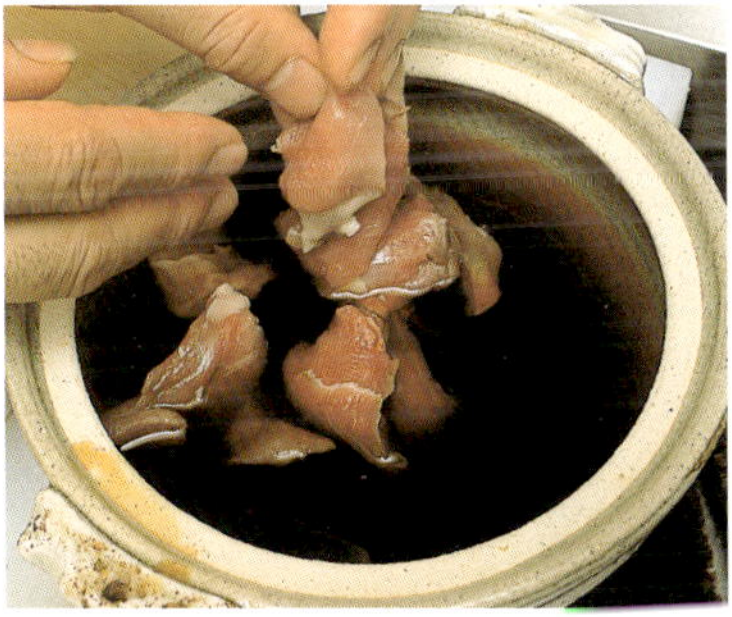

泥鰌《どじょう》鍋

●材料　泥鰌　牛蒡《ごぼう》　味噌《みそ》　酒

泥鰌は小ぶりが食べやすい。先《ま》ず生きたまま酒につける(身が柔らかくなる)。

味噌を溶いた汁の中に泥鰌を入れ、30分煮込む。別な鍋で約20分煮込んでおいたささがき牛蒡を加え、さらに10分位煮込むと出来上り

白玉

●材料　白玉粉　砂糖

白玉粉を水を少しずつ加えながら、ちょうど耳たぶの柔らかさになるまで練り、丸める。手のひらに水をつけて丸めるとグチャグチャになるので注意。熱湯に白玉を入れ、浮いてきたら茹《ゆ》で上り。冷水で冷やし、水を切り、盛り合わせてから砂糖をかける

【泥鰌鍋】

そこで小兵衛は、浅草寺《せんそうじ》・門前の並木町にある泥鰌鍋が名物の〔山城屋《やましろや》〕で待機することにした。

山城屋は、小兵衛のなじみの店で、夜おそくまで営業をしているし、出入りにも便利である。

「おはる。今夜はお前、実家《さと》へ帰っていなさい」

いいおいて小兵衛は、おはるがあやつる舟で大川をわたり、大治郎の道場へ行って、

「粂太郎《くめたろう》を、借りるよ」

飯田《いいだ》粂太郎少年をつれて、山城屋へ向った。（中略）

粂太郎は、はじめて食べる丸ごとの泥鰌鍋に瞠目《どうもく》したが、

「いくらでもお食べ」

小兵衛にそういわれ、恐る恐る箸《はし》をつけたが、気に入ったとみえ、夕闇《ゆうやみ》がせまるころまでに、何と三人前もたいらげてしまったものだ。

（『辻斬り《つじぎり》』中「三冬《みふゆ》の乳房」より）

作ってみて

子供の頃《ころ》、鴨が夕日に向かって群をつくって飛んでいるのを見て、冬の訪れを知らされました。母が「冬の泥鰌は太っていて旨いんだよ」と作ってくれた、牛蒡と味噌を入れた鍋に、泥鰌が丸のまま入っていて「びっくり」した思い出が今も残っています。**（近藤）**

蕪《かぶら》

蕪の味噌汁《みそしる》
豆腐と野菜の煮染《にしめ》
このしろの粟漬《あわづ》け
餡《あん》かけ豆腐
小豆粥《あずきがゆ》

春から、その年いっぱい、蕪は食べられる。蕪の大好きな自分には、とてもうれしい。

塩漬けの蕪は絶やしたことがないが、漬けかげんがむずかしい。前日の夜、それも少し早目に漬けると、翌日の第一食にちょうどよい。

健康で、空腹なときには、九州地方でいう〔船頭飯〕が何よりだ。濃目《こいめ》に味をつけた味噌汁で乱切《らんぎ》りの蕪を煮くずれるまで煮て、これを炊《た》きたての御飯へかけて食べる。旨《うま》い。旨いが、血圧の高い人には、あまり、すすめられない。

私が〔船頭飯〕をやるのは、年に数えるほどになってしまった。

【蕪の味噌汁】

大治郎は苦笑した。

いまいったことは、父・秋山小兵衛のことばの受け売りだったからである。

蕪の味噌汁に里芋の煮物。それに大根の漬物の朝飯を、又六は緊張のあまり、ほとんど喉《のど》へ通さなかった。

おどおどしている又六へ、

「むりにも食べろ」

と、大治郎が味噌汁だけは強引に食べさせたものである。

（『辻斬《つじぎ》り』中「悪い虫」より）

【鮗《このしろ》の粟漬】

昼餉《ひるげ》をよばれてから、また碁を打ち、やがて小兵衛《こへえ》は宗哲《そうてつ》宅を辞去し、元長《もとちょう》へまわったのである。

「大先生《おおせんせい》。今日は落ち鱸《すずき》のいいのがございますぜ。それと鶉《うずら》をお持ちなさいまし」

すると、おもとが、

「青柳《あおやぎ》を、お持ちになって下さいな、御新造《ごしんぞ》さまの好物でございますから」

「おはるが馬鹿貝《ばかがい》を好むとは、こいつ、まさに、共喰《ともぐ》いではないか」

「まあ、そんなことをおっしゃるものじゃあございませんよ」

小兵衛は鮗の粟漬で酒をのんでいる。

（『波紋』中「夕紅大川橋」より）

このしろの粟漬《あわづ》け

●材料　このしろ　粟　くちなしの実　醤油《しょうゆ》　酢《す》　砂糖　塩

このしろを腹開きにし、二枚におろす

塩を振って一時間置いてから、酢に10分から15分浸し、引きあげる

粟と布にくるんだくちなしの実を、たっぷり水を入れた鍋《なべ》で煮る。沸騰《ふっとう》してから10分ないし15分後に、粟を取り出すために、布巾《ふきん》に移して絞る

酢（180cc）、砂糖大さじ1杯、醤油大さじ半杯を火にかけ、沸騰したら火を止めて冷ます。粟を混ぜ、そこにこのしろを二、三日漬け込む

豆腐と野菜の煮染《にしめ》

●材料　焼豆腐　干し椎茸《しいたけ》　牛蒡《ごぼう》　れんこん　里芋　人参《にんじん》　醤油　酒　みりん　砂糖

干し椎茸を水に一昼夜つけた汁に、牛蒡、れんこん、干し椎茸を入れ、酒、醤油、砂糖少々で味付けし、強火で煮る

牛蒡などが煮えた頃《ころ》、里芋と人参を入れて三時間煮染める。火を止める5、6分前に焼豆腐とみりんを加える

小豆粥《あずきがゆ》

●材料　小豆　米　塩

半日間水につけた小豆を5倍の量の水で煮る。小豆に少し芯《しん》のある程度で火を止め、ざるにあげる。一人前用の土鍋に水をはり、米90ccとその半分の茹《ゆ》でた小豆とを中火で煮る

途中で塩を少々加え、焦《こ》げないように2、3回かき混ぜる。最後の方は弱火にする

【豆腐と野菜の煮染】

ことに甚之介《じんのすけ》は、いったん将棋盤に向うと無我夢中となり、前日の午後から指しはじめ、翌朝におよぶこともめずらしくない。この間、小兵衛は酒をのんだり、食事をとったりするが、甚之介は、

「いや、結構です」

と、盤面をにらみつけたままなのだ。

しかし、終ったのち、おはるが豆腐や野菜の煮染などを出そうものなら、大鉢《おおばち》のそれ、をぺろりと平らげた上、飯も六、七杯は食べ、

「ああ……よい気もらです」

子供に返ったような無邪気さで、細い眼《め》をさらに細め、腹をたたきながら帰って行くのである。

（『新妻』中「鷲鼻《わしばな》の武士」より）

作ってみて

野菜を煮たものには、甘煮、ふくませ等がありますが、煮染はその中でも、最も野菜の味を楽しめる料理です。れんこんや牛蒡のような硬い野菜は表面積が大きくなるよう斜めに切り、人参は乱切り、芋はたわしで擦《こす》るだけにし、焼豆腐はおたまで切り分けて、煮崩れないようにします。上手《うま》く作るこつは、最初は薄味にし、途中、味をみながら調えること、最後の一時間に二、三回、鍋の実をかき混ぜることです。昔の主婦が台所から出てこなかったのは、煮物を作って日が離せなかったからでしょうね。

（近藤）

寒《かん》鮒《ぶな》

玄冬《げんとう》中の鮒を、寒鮒という。
　このころの彼らは半《なか》ば冬眠状態であって、多くは河底の泥《どろ》の中にひそんでいる。したがって、この時期の鮒を獲《と》るのは、なかなかにむずかしい。だから、珍重されるのだ。
だれやらの句に、

煙草《たばこ》の火寒鮒釣《つ》りにもらいけり

というのがある。

　寒鮒を細づくりの刺身にしたのも旨《うま》いが、だれでも、一度は口にしたことがあるのは、やはり甘露煮であろう。

　私は、太平洋戦争が起る前に、浅草の小料理屋で、めずらしい〔鮒飯〕を食べたことがあった。

　鮒の内臓とウロコを始末し、胡麻油《ごまあぶら》で炒《いた》め、出汁《だしじる》をかけ、熱い飯にかけて食べる。薬味は、たしか春菊をきざんだものだったとおぼえている。

　釣人にいわせると、いずれにせよ、鮒を釣るのは、なかなかに、むずかしいそうな。

鴨鍋《かもなべ》
寒鮒の甘露煮《かんろに》
甘鯛《あまだい》の味噌《みそ》漬け
柚子《ゆず》きり蕎麦《そば》

【鮒の甘露煮】

奥の間で、小兵衛が弥七《やしち》、徳次郎と密談をかわしている間に、老僕・嘉介《かすけ》が夕餉《ゆうげ》の膳《ぜん》をととのえた。

豆腐汁に鮒の甘露煮だけの簡素な膳であったが、嘉助は香の物の沢庵《たくあん》を薄打《うすうち》にし、これへ生姜《しょうが》の汁をしぼりかけたものを出した。

「こりゃあ、うまい。器用なまねをするではないか。よし、よし……」

その香の物によろこんだ小兵衛が、〔こころづけ〕を紙に包んで嘉助へあたえた。

(『辻斬り《つじぎ》』中「三冬《みふゆ》の乳房」より)

【鴨鍋】

そこへ、おはるが酒の仕度をしてあらわれた。

鉄鍋で煎《い》りつけた鴨の肉に、芹《せり》をあしらったものが運ばれた。

「さ、熱いうちにやれ」

「いただきます……あ、これは……」

「どうじゃ、うまいだろう?」

「はい」

「あとで、おはるが得意の鴨飯をつくるぞ」

それに、熱湯へ潜《くぐ》らせた芹に淡塩《うすじお》をあてて、軽く圧《お》した漬物《つけもの》も出た。

「ようやくに、腹の虫がおさまったわえ」

(『天魔』中「老僧狂乱」より)

鴨鍋《かもなべ》

●材料　鴨半身　白菜　椎茸《しいたけ》　春菊　葱《ねぎ》　芹《せり》
焼豆腐　醤油《しょうゆ》　酒　砂糖

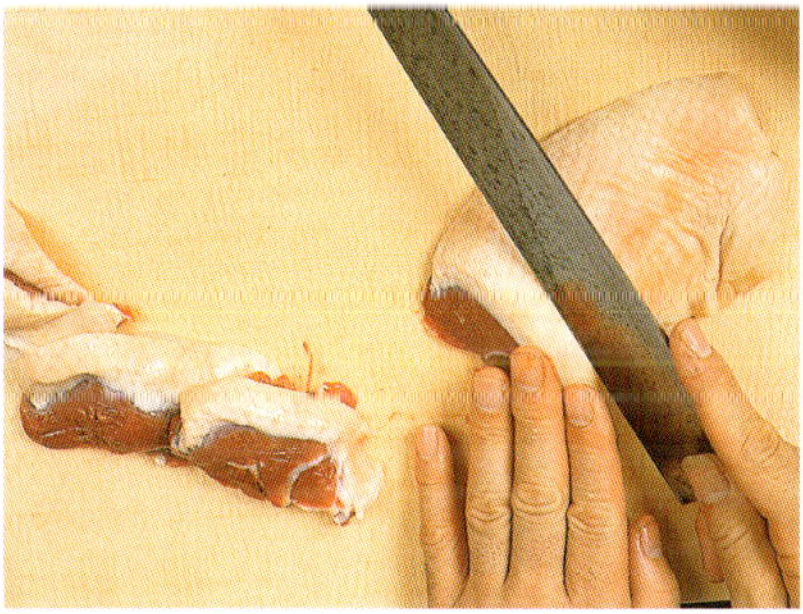

鴨の脂身《あぶらみ》を適当に切り、醤油、酒砂糖少々を加えて出汁《だし》を取る。みりんは肉を硬くするので砂糖を用いた方が味がでる。野菜は材料の硬い順に入れていく。

鴨の肉は厚めに切って煎《い》る。鴨は十二月頃《ごろ》から真冬の二月までが旬《しゅん》

柚子《ゆず》きり蕎麦《そば》

●材料　蕎麦粉　小麦粉　柚子

蕎麦粉7に対して小麦粉3が分量。柚子を下ろす時は竹製の道具を用いる。蕎麦粉の練り具合は人の耳たぶくらいの固さが目安。

蕎麦を切るには鍋の蓋《ふた》でおさえて切ると同じ太さに切れる

甘鯛《あまだい》の味噌《みそ》漬け

●材料　甘鯛　味噌　酒　みりん

甘鯛（二枚に下ろした半身）は鱗《うろこ》をひかない。味噌（酒少々とみりんを入れる）を塗り付け、漬け込む。四、五日で取り出す。少し味噌が付いたままの方が塩けが効いて酒によくあう

【明月庵《めいげつあん》の柚子切蕎麦】

この店では、寒くなると〔蒸し蕎麦〕というのをやる。これがうまいので、小兵衛も弥七《やしち》も何度か来ているのだ。

二階の小座敷へあがった小兵衛は、

「酒をたのむ。後で連れが来るから、そうしたら柚子切の蒸し蕎麦を、な」

小女《こおんな》へいいつけた。

酒を半分ほど、のんだところへ、弥七があがって来た。（中略）

「酒を、熱くしてたのむ」

「あい、あい」

蒸し蕎麦が運ばれて来ると、座敷の中に、柚子の香りが湯気と共にただよう。

「むう……相変らず、旨いのう」

「いつ来ても、出すものに気をぬきません。感心いたします」

（『暗殺者』より）

作ってみて

鴨鍋の鴨と芹の組合せでは、芹が鴨の臭みを取るという効果を知り驚きました。芹は湯に通さずにそのまま鍋に入れました。その方が昔の野性味を感じさせ、けっして上品ではありませんが、旨みがでます。ちょっと豪華な料理になりましたが、江戸っ子は宵越《よいご》しの金は持たないといいますから。

（近藤）

甘鯛《あまだい》

甘鯛は、

「白甘鯛にかぎる」

などという食通がいるけれども、私には赤も黄も旨《うま》い。新鮮な甘鯛を塩干しにして、ちょっと焦《こが》しめに焼いたものなどは、冬の味覚に忘れられないものだ。もっとも、人によっては、

「焦してはいけない。さっとあぶるだけで食べるものだ」

そういう人もいる。人、それぞれだ。

甘鯛の姿は愛嬌《あいきょう》があって、絵に描きやすかった。

手打ち饂飩《うどん》と鳥と長葱《ながねぎ》の煮込み
青柳《あおやぎ》と葱の酢味噌《すみそ》和《あ》え
甘鯛の揚げ糝薯《しんじょ》と野菜盛合せ
大根と油揚げの煮付け

【甘鯛の糝薯】


不二楼《ふじろう》の、大川《おおかわ》をのぞむ座敷で、秋山小兵衛《こへえ》が盃をふくんでいると、

「今日はまた、おもいもかけぬお招きにあずかって……」

うれしげにいいながら、円照和尚《おしょう》が与兵衛に案内をされてあらわれた。

この和尚は八十に近いが無類の酒好きで、まるで〔羅漢《らかん》さま〕のような顔が酒光りしている。体格もよかった。（中略）

「此処《ここ》の酒は、旨《うも》うおざる」

「いかさま」

それから、生海苔《なまのり》をあしらった掻《か》き平目《ひらめ》や、甘鯛の糝薯と野菜の椀盛《わんもり》、鶉《うずら》の焼き鳥などで酒をのみつつ、それとなく秋山小兵衛は、

「実は、せがれが……」

大治郎と高橋老人のことを語るや、

「ふむ、ふむ……さようでござったか。少しも知りませなんだ」

和尚は、膝《ひざ》を乗り出して聞き入った。

いつしか、大川の川面《かわも》が夕闇《ゆうやみ》に溶けている。


（『十番斬《じゅうばんぎ》り』中「逃げる人」より）

甘鯛《あまだい》の揚げ糝薯《しんじょ》と野菜盛合せ

●材料　甘鯛　山芋　人参《にんじん》　八ツ頭　醤油《しょうゆ》
酒　酢

甘鯛を三枚におろし、身を庖丁《ほうちょう》で叩《たた》いてから、すり鉢《ばち》で練る

身が滑らかになったら、つなぎに山芋をすり込む、ここで普通の糝薯と違って出汁《だし》を入れない。千六本に切った人参を軽く混ぜる

水をつけた掌《てのひら》で転がすようにして丸め、油で揚げる。浮き上ってきたら出来上り

面取りした八ツ頭を、酢少々入れた水から、火が通るまで煮る

糝薯を湯せんしてから、八ツ頭と一緒に出汁3、醤油0.5、酒0.5で20分位煮る

青柳《あおやぎ》と葱《ねぎ》の酢味噌《すみそ》和《あ》え

●材料　青柳（バカ貝）　葱（ワケギ）
卵黄　白味噌　みりん　酢　和がらし

白味噌にみりんと酢を加え火にかけ、アルコールと臭みをとばす。冷やして卵の黄身を加え、照りを出す

青柳の身を水で洗い、茹《ゆ》でたワケギと和える。和がらしを加えると味がいっそう引き立つ

饂飩《うどん》の打ち方

●材料　うどん粉（強力粉8、薄力粉2の割合）　塩

うどん粉にぬるま湯（塩を入れた）を少しずつ加えながらもむ

さらにビニールに包み、足でよく踏む。踏むほどにコシが強くなる

強力粉を下にひき、めん棒を使って延ばす

均一な厚さにするため、めん棒に巻き付けて確かめるのがコツ

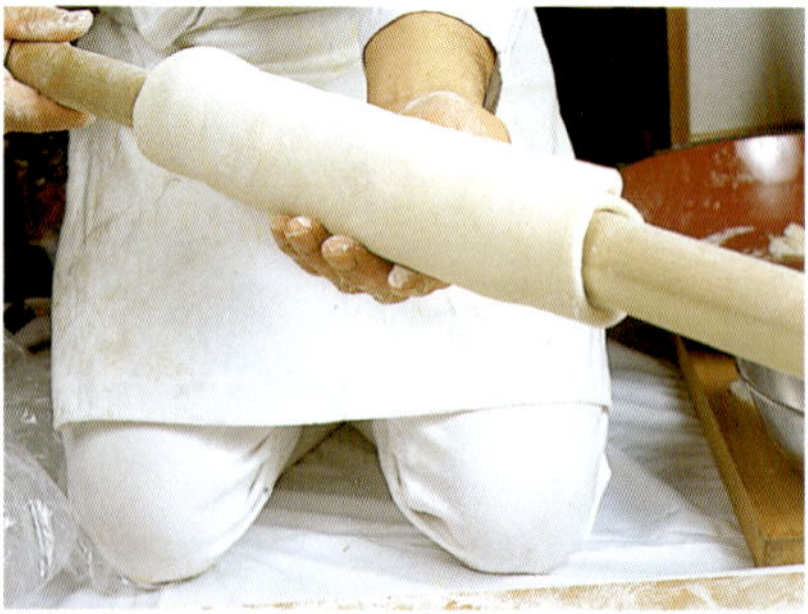

束ねて同じ太さに切り、くっつかないように強力粉をまぶす

【饂飩】


稽古《けいこ》の門人たちも帰り、夜の闇が下りて来た。

大治郎は、部屋の火鉢《ひばち》へ鉄鍋をかけて、

「この饂飩は、母上が打ったものだそうです」

「ふうん」

鉄鍋に出汁《だし》汁《じる》をそそぎ、煮え立ったところへ、大治郎が手打ちの饂飩と、鶏肉《とりにく》、葱を入れる。

冷酒は茶わんでのむ。

旨そうな匂《にお》いが、鍋から立ちのぼってきた。


（『暗殺者』より）

作ってみて

私の子供の頃《ころ》は饂飩は家庭、蕎麦《そば》は店で食べるものでした。饂飩を鍋ものの最後や、味噌汁の残りに入れるのも好きで、そんな煮込み饂飩は　口経《た》っても美味《おい》しいものでした。これは家庭の味ですね。饂飩は他の具の味を吸いとって深い味わいになっていきます。煮込みこそ、饂飩の一番美味しい食べ方でしょう。それぞれの家庭の味がしみ込んで、外では食べられない味になるのです。蕎麦はもりやかけが好まれるのとは対照的ですね。家庭で饂飩を打てば、みんなで楽しめて忘れられない味になるでしょう。

（近藤）

大根

すっぽん鍋《なべ》
すっぽん雑炊《ぞうすい》
大根の煮物
寒しじみ汁

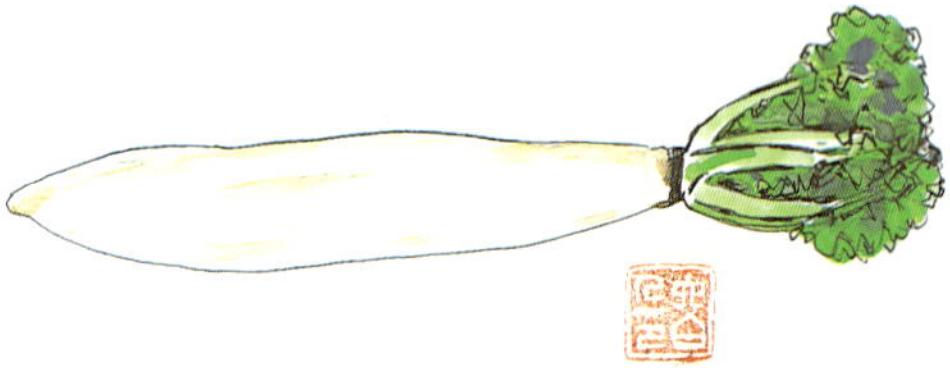

むかし、一本の大根から数種類の料理をつくる、ある料理人のはなしを何かの小説で読んだことがある。

大根は、このように天地の恩恵を、たっぷりとそなえた野菜で、いまから五、六千年も前に、コーカサス地方が原産地といわれているが、日本人にとって、なくてはならぬ野菜である。

そして、葉も茎も、すべて食べられる。食用のみか、障子を張り替えるときなど、大根の搾《しぼ》り汁で桟《さん》を拭《ふ》くと、糊《のり》がよくついて、剝《は》がすときも、

「剝がしやすい」

と、教えてくれたのは、亡《な》き祖母であった。

若いときはさておき、人間も六十に近くなると、大根の滋味がわかるようになってきて、その旨《うま》さから片時もはなれることができなくなってしまうのだ。

【大根】

薄目の出汁《だしじる》を、たっぷりと張った鉄鍋の中へ、太兵衛《たへえ》が持って来た大根を切り入れ、これがふつふつと煮えたぎっていた。

「さ、おあがんなさい」

「これは、これは……」

「その小皿にとって、この粉山椒《こなざんしょ》をふったがよい」

「こうしたらよいので?」

「さよう。さ、おあがり」

ふうふういいながら、大根を頰張《ほおば》った太兵衛が、

「こりゃあ、うまい」

嘆声を発したのへ、小兵衛が、

「そりゃあ、平内さん。大根がよいのだ。だから、そのまま、こうして食べるのが、いちばん、うまいのじゃ」

(『天魔』中「約束金二十両」より)

【鼈汁《すっぽんじる》】

村松太九蔵《たくぞう》は、まだ、生きていた。

「せっかくです。秋山先生の、おみやげの鼈汁を、いただきましょうかなあ」

と、村松がいった。(中略)

そこへ、徳次郎が鼈汁を片口へ入れて運んで来た。

すっぽん鍋《なべ》

●材料（4人前）　すっぽん1匹（400～600g）葱《ねぎ》2本　醤油《しょうゆ》（濃い口）酒（6合位）

すっぽんのばらし方――首の付け根を切り血をよく出す。甲羅《こうら》、両手両足、頭をばらす。中の臓物は捨てる。卵は茹《ゆ》でて三杯酢で食す

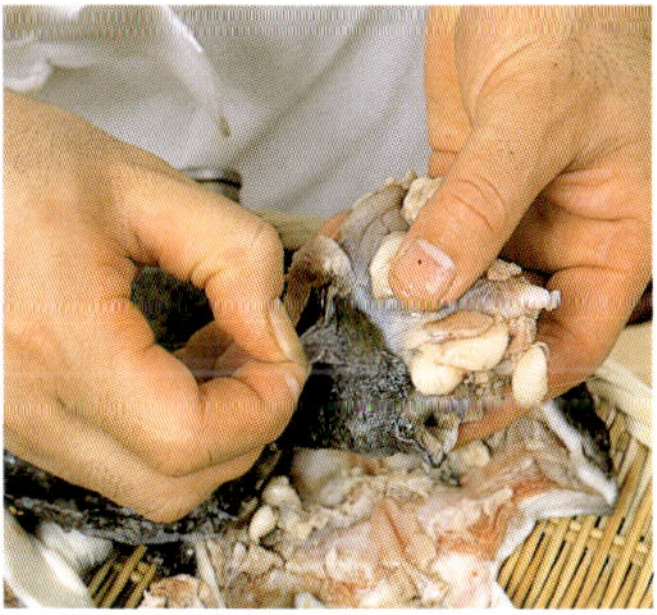

水を沸かし、強火で2～3分位、甲羅、両手両足を茹でた後、甲羅に付いている皮、手足の皮をきれいに剥《は》がす

水と酒がたっぷり入った鍋に身を全部入れて、弱火で汁が3分の1ほどの量になるまで煮込む

煮込んだ後、骨は剝がし、ゼラチン質だけを刻んでいれる。土鍋に移し、醬油を加え（味はおすましよりやや濃いめ）、5センチ位に切った葱を入れて煮込む

雑炊《ぞうすい》は、スープだけを残した鍋に御飯、芹《せり》を加える

なるほど、片口なら口へ入れやすい。

小兵衛が、その片口を受け取り、左手で村松太九蔵の頸《くび》を抱くようにして擡《もた》げ、

「さ、ゆっくりと……」

「は……」

ごくりと、口のんで、

「うまい……」

ためいきを吐《つ》くように、村松がいった。

さらに一口……。

そして村松は、また、両眼《りょうめ》を閉じた。

雪は、まだ降りつづいている。


（『十番斬《じゅうばんぎ》り』中「十番斬り」より）

作ってみて

すっぽんは身よりもスープ、雑炊に旨みがあります。それとゼラチン質に。今はほとんど輸入ものですが、私が住んでいる亀有《かめあり》では昔は亀が本当に沼に棲息《せいそく》していました。大根の煮物は鍋にたっぷり水を入れ四時間位かけてゆっくり、最初は醤油、酒を薄めに注《つ》ぎたしながら煮込みます。大根は一月が旬《しゅん》です。買うときは、葉っぱつきのもの、髭根《ひげね》の少ないツルっとしたものを選ぶ。秋山小兵衛さんが大根に山椒をかけて食べていますが、これは新味です。

（近藤）

猪《いのしし》

猪鍋《なべ》
根深汁《ねぶかじる》
卵酒
握り飯の味噌焼《みそやき》

むかしの日本人は家畜の肉を食べなかった。だから、猪は唯一《ゆいいつ》の日本人が食べた獣肉であった。私が猪を牛蒡《ごぼう》や葱《ねぎ》、セリや焼豆腐と共に鍋にした猪鍋をはじめて口にしたのは、伊豆《いず》山中の温泉宿だった。

猪肉はやわらかい。共に煮て食べる物まで、やわらかくしてしまう。いま、流行している「しゃぶしゃぶ」を牛肉でなく、猪でやったら、きっと旨《うま》いとおもう。

子供のころ、下町の獣肉店の軒に、まだ切りさばかぬ猪の胴体が吊《つる》してあるのを、恐ろしいおもいで見たおぼえがある。

【猪の脂身《あぶらみ》と大根の鍋】

この奥の間には小さな炉が切ってあり、そこへ土鍋をかけて昆布《こぶ》を敷き、湯をそそぎ、煮え立ってくると昆布を引きあげ、猪の脂身の細切りを亀右衛門《かめえもん》が鍋の中へ入れた。

女中の手も借りず、亀右衛門がひとりで取りさばくのを、波川周蔵は酒をのみながら黙って見まもっている。

「先生には、こんなもの、お口に合うかどうか……」

つぶやいた萱野《かやの》の亀右衛門が、大皿にたっぷりと盛られた輪切りの大根を、菜箸《さいばし》で土鍋の中へしずかに入れはじめる。

飴色《あめいろ》の土鍋も見事だったが、大根もみずみずしく、いかにも旨そうだ。

大根のみで、他には何もない。

大根を煮ながら食べようというのである。

「この大根は、練馬《ねりま》のお百姓にたのんで、とどけてもらうのですがね。そりゃあ、うまい」

と、亀右衛門は自慢をした。

煮えた大根を小皿に取ると、猪の脂がとろりと絡《から》んでいて、これへ醤油《しょうゆ》を少したらしこみ、ふうふういいながら食べるのだそうな。（中略）

「む、これは……」

「いかがなもので？」

「旨い」

（『暗殺者』より）

猪鍋《いのししなべ》

●材料　猪肉　こんにゃく　牛蒡《ごぼう》　芹《せり》
焼豆腐　春菊　味噌《みそ》　酒

肉は厚め（1.2ヤンチ位）に切った方が猪の味がする

こんにゃくは手で叩《たた》き、延ばし、ちぎる

牛蒡は猪の臭《にお》いを消す効果があるので多めに

出汁《だし》は別の器に水1、酒1/4を熱し、臭いを消すため、多めの味噌を溶く

牛蒡、こんにゃく、肉を入れ、最後に焼豆腐と春菊と芹を入れる

根深汁《ねぶかじる》

●材料　葱《ねぎ》　鰹節《かつおぶし》　昆布《こんぶ》　味噌

葱は煮くずれないように輪切りにする。水と昆布を火にかけ、細泡が出たら昆布を取り出す。煮立つ前に鰹節を入れ、一煮立したら火を止めて、灰汁《あく》を取り漉《こ》す。この出汁で味噌をのばし、裏漉ししてできた味噌汁が煮立ったところで葱を加える。煮すぎると苦みがでるので注意

葱の白い部分に火が通ったら出来上り

卵酒

●材料　卵　酒

二通りの作り方がある

●鍋の酒が沸騰《ふっとう》したら火を止め、溶いた黄身をかきまぜながら加える

●器に熱い酒を注ぎ、その中に溶いた卵を加え、かきまぜる（写真）

【根深汁】

まるで巌《いわお》のようにたくましい体軀《たいく》のもちぬしなのだが、夕闇《ゆうやみ》に浮かんだ顔は二十四歳の年齢より若く見え、浅ぐろくて鞣革《なめしがわ》を張りつめたような皮膚の照りであった。

若者の、濃い眉《まゆ》の下の両眼《りょうめ》の光が凝っている。小さくて敏捷《びんしょう》なみそさざいが数羽、飛び交っているうごきを飽きもせずに見入っているのだ。

台所から根深汁（ねぎの味噌汁）のにおいがただよってきている。

このところ朝も夕も、根深汁に大根の漬物《つけもの》だけで食事をしながら、彼は暮していた。

若者の名を、秋山大治郎《だいじろう》という。

（『剣客商売』中「女武芸者」より）

作ってみて

冬は猪も脂がのっておいしいですね。日本の猪は穀物を食べるので臭みが少ないのです。今はほとんど獲《と》れないようですが、デパートへ行けば、いのぶたが手に入ります。葱はこの時期、煮ても焼いても甘みがありますね。昔は風邪の時、葱をさらしに包んで喉《のど》に巻き咳《せき》を鎮《しず》めました。薬味であり、薬でもあったのです。

（近藤）

好事福盧《こうじぶくろ》

蕨餅《わらびもち》
豆板
雪みぞれ
蕎麦落雁《そばらくがん》

紀州蜜柑《みかん》の大きなのをえらび、中身をくりぬいたジュースへ上等の砂糖を加え、リキュールをそそぎ、流水で冷やしてゼリーにし、これを、くりぬいた蜜柑の皮へ詰める。

当時そのままの、この〔好事福盧〕は、いまも健在なのだ。(中略)〔好事福盧〕は晩秋から春先までしか売っていない。

ずいぶん前のことになるが、例年のごとく十二月の、しずかな京都へ来た私は、村上開新堂で〔好事福盧〕を買いもとめ、ホテルへもどろうとした。

昼ごろであったろう。

開新堂の近くに、尚学堂《しょうがくどう》という古書店がある。

そこへ入ると、歌舞伎《かぶき》俳優の中村又五郎がいて、古書を漁《あさ》っていた。

いまの又五郎さんと私は、親しい間柄《あいだがら》になっているが、当時は、こちらは知っていても向うさまは御存知ない。

で……そのとき、中村又五郎を見たとたんに、私は、

(これだ)

と、おもった。

そろそろ書き出そうとしていた〔剣客商売〕の主人公・秋山小兵衛の風貌《ふうぼう》そのものの又五郎さんだからだった。(『むかしの味』より)

【南京落雁《なんきん》】

「これは、先生の大好物でございます」

と、落合孫六が差し出したのは、四谷塩町《よつや》一丁目の菓子舗《かしみせ》・富士屋又兵衛方で売り出している〔南京落雁〕であった。この菓子は、蕎麦粉と麦の炒《い》り粉の中へ、胡桃《くるみ》の実をまぜ合せ水飴《みずあめ》でねりあげ、型にはめて乾かした干《ひ》菓子で、むかし、四谷仲町《なかまち》に道場を構えていたころ、秋山小兵衛は酒のあとに、濃くいれた茶で、この南京落雁をつまむのが大好きだったのを、孫六は、

（ちゃんと、おぼえていた……）

のである。

「おお、おお……よくも、忘れずにいてくれたのう」

さすがに小兵衛も、愛弟子《まなでし》の、こうしたこころづかいがうれしく、かすかに泪《なみだ》ぐんだようであった。

（『天魔』中「雷神」より）

【雪みぞれ】

不二屋《ふじや》太兵衛は、泣き声になっている。（中略）

池の端仲町の菓子《かし》舗《みせ》・不二屋《ふじや》といえば〔雪みぞれ〕という銘菓で知られている。

高級店が軒をつらねる仲町に店舗を構えているだけに、店構えは小さくとも、不二屋の名は江戸市中に知れわたっており、大名・武家屋敷の御用をもつとめている老舗《しにせ》なのである。

そこの主人にしては、いかにも腰が低い。

（『春の嵐《あらし》』より）

蕎麦《そば》落雁《らくがん》

●材料　砂糖120g　蕎麦粉60g　みじん粉30g

ボウルに砂糖と蕎麦粉を入れ、充分掻き混ぜる。

砂糖液（同量の砂糖と水を中火で沸騰させ30秒位で火を止め冷ましたもの）小さじ3杯ほどを練り具合を見ながら入れ、みじん粉を少しずつ加えて混ぜ合わせる。

硬さは握って指のあとが残る位がよい。木型に入れ、へらで平らにしてから取り出す

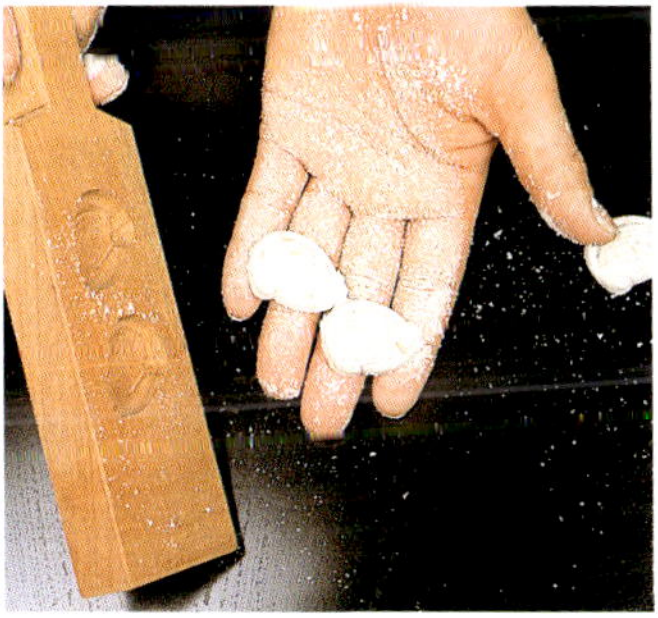

雪みぞれ

●材料　道明寺粉100g　干寒天3個
砂糖250g　赤い色粉　水飴《みずあめ》15g

道明寺粉は水洗いし強火で15分蒸す。寒天はたっぷりの水に30分以上浸した後絞る

寒天を鍋《なべ》に入れ、水500ccに中火で溶かす。沸騰《ふっとう》して寒天が溶けたら砂糖を加えてさらに煮、赤い色粉を入れ（道明寺粉の白をふぶきにみたてるため）、裏漉《うらご》しして元の鍋に返す。水飴を入れ、100cc位になるまで煮詰めて火から下ろし、道明寺粉を加える

氷の上にのせ、固まるまで静かに混ぜ合わせる。固まったら型抜きにして出来上り

豆板

●材料　蜜《みつ》漬《づ》け小豆《あずき》　グラニュー糖400g　水飴40g　サラダ油

ドレスカップにサラダ油をよく塗る

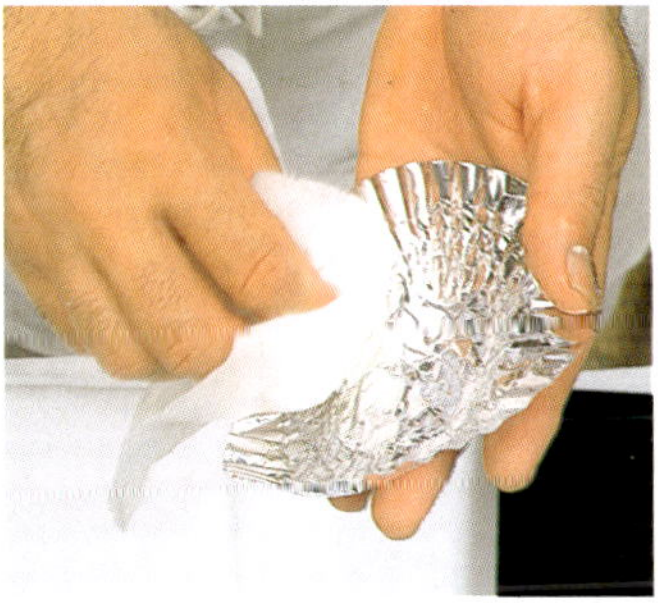

鍋にグラニュー糖と水140ccを入れて中火にかけ、砂糖が溶けてきたら鍋の柄《え》をゆするようにして煮る。沸騰したら水飴を加え、箸《はし》を入れて2〜3センチ糸を引く位になるまで煮る

ぬれ布巾《ぶきん》の上に鍋を下ろし、おたまで静かに混ぜ、白濁する少し手前で止め、蜜漬け小豆を加え、手早くカップに入れ冷やす

蕨餅《わらびもち》

●材料　白玉粉50g　蕨粉110g　砂糖150g
黄粉《きなこ》

片手鍋に白玉粉を入れ、水250ccを少しずつ加えて溶かす。砂糖と蕨粉を加え、もう一度水250ccを加えて全体を溶かし、裏漉しする。

鍋にもどし中火にし、絶えず掻《か》き混ぜながら焦《こ》がさないように煮る

全体がうっすらと透けてきたら、あらかじめ黄粉をまいて広げておいたバットに移し、表面を平らにする。冷蔵庫で二時間位冷やし、固まったら庖丁《ほうちょう》で好みの大きさに切る

【蕨餅】

淀橋《よどばし》の南、角筈《つのはず》村にある十二社《じゅうにそう》権現社《ごんげんしゃ》の祭神は紀州・熊野《くまの》権現と同じで、境内《けいだい》には大池があり、そのまわりに風雅な茶屋や茶店もならんでいて、参詣《さんけい》がてらの遊観におとずれる人びとが絶えない。

ましてや、いまは春のさかりの、薄曇りの空の下で、池のほとりの桜の花が散りかけている。境内を漫《すず》ろ歩く人びとも少なくない。

秋山小兵衛は、池畔の茶店へ入り、芥子《からし》菜《な》の塩漬《しおづけ》で酒をのみ、その後で蕨餅を食べた。

（これより先、何度、桜花《はな》を見ることができるかのう……）

いつになく神妙な気分になって、茶店を出た小兵衛の肩へ、微風が運んで来た桜の花びらが一つ、ふわりと留まった。

（『波紋』中「消えた女」より）

作ってみて

小説の中で菓子はいくつかの菓子舗や蕎麦屋のあつかいで登場しますが、実際どのような作り方なのか想像のなかで私なりに時代の情景をくんでシンプルに作ってみました。池波先生にはいくつかのハッとするようなお知恵を頂きました。ふろふき大根の切り口も面取りをしない、冷やし汁の中に具を入れないことなど、素朴《そぼく》な材料の中に私たちが忘れている工夫がそのまま生きていました。やはり食べ物を通してその時代の暮らしが映ってきますね。ホテルの料理では思いつかない貴重な体験をさせて頂きました。ありがとうございました。

（近藤）

カウンターのむこう側の先生

近藤文夫

病院にお届けし、先生に召し上がっていただいた最後の料理は海老《えび》とそら豆の天丼《てんどん》、それに豆腐の赤だしと蕪《かぶ》のお新香《しんこ》でした。海老はやや太めのが四本、これをみな食べて下さいました。亡《な》くなる一週間前のことです。

私は十八歳で山の上ホテルに入り、現在まで二十五年間、ずうっと天ぷらを揚げてきました。池波先生と、カウンター越しからわかるようになったのは、かなり後になってからです。と言うのも料理に夢中になり、お客様の顔を見る余裕などとてもなかったからです。

先生によく、

「未熟ということは大切なんだよ、僕だって未熟なんだ、天狗《てんぐ》になったらおしまいだよ」

と言われました。

「近ちゃん、天ぷらはね、親の仇《かたき》だと思ってスパッと食べなくちゃいけないんだよ」

料理を作る側が、ハッとするような言葉がカウンター越しに飛んできました。

お好きな天ぷら三種、きす、めごち、あなご。これは必ず最初に注文されました。

中村富十郎さんをお連れになられたとき先生は、

「君、今日は、昼を抜いてきたね」

と念を押すように言われ、天ぷらを食べるときは一食抜いた方が良いよとおっしゃいました。刺身も、わさびをのせ、ちょっと醤油《しょうゆ》をつけるくらいで、わさびと醤油を混ぜて食べるなどはしませんでした。せっかくの新鮮な材料をころすとおっしゃいました。豆腐を使ってあんかけ、浅蜊《あさり》で煮付け、など、メニューにない注文がたびたびありました。受けて作るのが私はとても嬉《うれ》しかったのです。

五年程前から、暮れの十二月三十一日の昼、お節《せち》料理を私がお届けしていました。四の重の、四十種類の料理全《すべ》てが手作りです。私の勝手で一年間の感謝を込めてやっておりました。もっとも、帰りに御本をいただくのが楽しみなのです。

もう随分前になりますが、お手紙をいただいたことがあります。終わりのほうにこう書いてありました。

「八白土星という星は、私の六白と同じ晩年の運がついています。四十、五十すぎて、死ぬまで良い運がついてまわります。私も四十をこえるまで、何度もうまくいきませんでしたが、迷わず一つの事に専念してよかったと、いまにしておもいます」

料理人として、後悔が波のように押し寄せてきます。

「小説新潮」連載の「剣客商売　庖丁《ほうちょう》ごよみ」は、残すところ数回で先生は他界なされました。いろいろお聞きしたいことがたくさんありました。今は連載を完結し、先生にご報告したい気持ちでいっぱいです。先生ありがとうございました。

（「小説新潮」平成二年六月号、「池波正太郎　追悼特集」より再録）

［剣客商売］料理帖

① 剣客商売

▼同じ食べ物が同一編に多出する場合は、最も詳しく書かれているところをとった。
▼太字は本書の献立に登場する料理、食べ物。
▼頁数は新装版のもの。

作品名	頁	登場する食べ物・店	季節	「小説新潮」連載
女武芸者	7、8	**根深汁**、大根の漬物、麦飯	安永六（一七七七）年年末～安永七（一七七八）年年始 ＊小兵衛五十九歳～六十歳	昭和47年1月号
	18	嵯峨落雁（「京桝屋」）		
	27	納豆汁		
	47	豆腐の吸物、**甘鯛の味噌漬**		
剣の誓約	65	田螺の味噌汁	初春、ものの芽の息吹きのころ	昭和47年2月号
	87	**浅蜊の剝身と葱と豆腐の煮こみ**		
芸者変転	151	**鯉の洗いと味噌煮、鯨骨と針生姜の吸物**	春光うららかな若葉のころ	昭和47年3月号
井関道場・四天王	158	**鯰**（皮つきの削身を割醬油で煮ながら）	菖蒲の花のころ	昭和47年4月号
	172	**菜飯**、のっぺい汁（「玉の尾」）		
雨の鈴鹿川	233	蛤飯（桑名名産、蛤は春先に採っておいて煮しめたもの）	晩春から初夏に移り変るころ	昭和47年5月号
まゆ墨の金ちゃん	253	蕎麦の実をまぜた嘗味噌、**茄子の丸煮**	梅雨のころ	昭和47年6月号
御老中毒殺	316	**鮎**	梅雨明けのころ	昭和47年7月号

	343	冷えた瓜		
	349	**冷やした白玉の白砂糖かけ**、熱い煎茶		

②辻斬り

鬼熊酒屋			文月中旬	昭和47年8月号
辻斬り	56	**落ち鱸の塩焼き、栗飯**	秋、虫が鳴きしきるころ	昭和47年9月号
	59	秋茄子、水芥子をあしらった味噌汁		
	72	将棋落雁(［桔梗屋］)		
老虎	84	沢庵漬	晩秋〜初冬	昭和47年10月号
	88	蕎麦屋(［亀玉庵］)		
	115	鴨の肉、見事な葱、芹、**手打ちの饂飩**		
	116	**鴨鍋、鴨飯**		
悪い虫	140	熱い**饂飩**	冬ざれの色にすべてがつつまれているころ	昭和47年11月号
	145	**鰻**		
	150	**蕪の味噌汁、里芋の煮物**、大根の漬物		
三冬の乳房	189	京菓子「窓の月」(［大和屋］)	暮れ〜安永八(一七七九)年	昭和47年12月号
	190	豆腐汁、**鮒の甘露煮**、沢庵の薄打に生姜の汁をしぼりかけたもの		
	203	納豆汁		
	209	**泥鰌鍋**(［山城屋］)		
	212	**軍鶏鍋屋**(［五鉄］)	**＊小兵衛六十一歳**	

妖怪・小雨坊	223 223 238	蛤・豆腐・葱の小鍋だて 蛤飯 **泥鰌鍋**	年明け	昭和48年1月号
不二楼・蘭の間	279 287 299	芹と**鴨** **鰻**屋（［大金］） **軍鶏鍋**屋（［三河屋］）	如月（陰暦二月）のころ	昭和48年2月号

③陽炎の男

東海道・見付宿	25 44	銘酒・亀の泉 鶏肉と葱を叩きこんだ雑炊	初春	昭和48年3月号
赤い富士	71	蕎麦屋（［翁庵］）	朧月夜のころ	昭和48年4月号
陽炎の男	97 100 107 112 124	茶巾餅（［布袋屋］） 豆腐汁と漬物 毛ぬき鮨（［笹屋］）、蕎麦屋（［翁屋］） 千鳥そば（［十一屋］） 淡雪煎餅（［布袋屋］）	桜の散ったあと	昭和48年5月号
嘘の皮	143 153 177 179	蕎麦屋（［寿庵］） 白玉汁粉（［梅園］） 六郷**蜆の味噌吸物**、**鰹の刺身** **鮑の蒸切に味噌をあしらったもの**	苗売りの商いのころ	昭和48年6月号

兎と熊	181 209 213	小口茄子と切胡麻の味噌吸物、鰹の刺身 泥鰌鍋、青々と茹であげた蚕豆 豆茶飯	初夏	昭和48年7月号
婚礼の夜	247 278	茶巾餅（［高砂屋］） 鰻	梅雨のころ	昭和48年8月号
深川十万坪	282 282 298 301 321	鰻、泥鰌 蕎麦屋（［翁蕎麦］） 胡瓜もみ、手長蝦の味醂醤油付焼 油揚げと葱の汁、茄子の漬物 豆腐汁	梅雨が明けぬうち	昭和48年9月号

④天魔

雷神	9 19	南京落雁（［富士屋又兵衛］） 鰻	梅雨明けした真夏	昭和48年10月号
箱根細工	41 77 82	泥鰌鍋 嵯峨饅頭（［桔梗屋］） 冷やした豆腐、鱸の洗い	夏	昭和48年11月号
夫婦浪人	86 124	鱸の塩焼 草餅	初秋～	昭和48年12月号
天魔	139	饂飩（おはるの手打ち）	秋	昭和49年1月号

	176	蕎麦(おはるの手打ち)		
	183	鳩饅頭(「梅の茶屋」)		
約束金二十両	190	甘酒(神田明神社門前の茶店)	秋	昭和49年2月号
	194	**巻繊汁と栗飯**		
	211	雑炊(野菜だか米だか、粟だか麦だか、得体の知れぬどろどろした鳶茶色の)		
	216	**里芋の煮ころがし**		
	235	大根鍋		
	237	**栗飯**		
鰻坊主	239	**鯰の鍋、味醂醤油付焼**	蔓梅擬の実のころ	昭和49年3月号
	257	もみ海苔をたっぷりとふった蛤飯		
突発	318	あたたかい飯と味噌汁、生卵と大根の漬物	師走	昭和49年4月号
老僧狂乱	336	鉄鍋で煎りつけた鴨肉に芹をあしらったもの、**鴨飯**、芹の漬物	安永九(一七八〇)年年明け **＊小兵衛六十二歳**	昭和49年5月号
	346	**饂飩**		

⑤白い鬼

白い鬼	20	**とろろ飯**	正月～如月(陰暦二月)	昭和49年6月号
	22	浮世団子(「松屋」)		
	47、58	くろい太打ちの蕎麦を生姜の汁で(「上州屋」)		
	59	粥		

西村屋お小夜	81	南京落雁（「東屋庄兵衛」）	如月の中旬〜花の終わりのころ	昭和49年7月号
手裏剣お秀	133 136 137 142 142 150 163	**紺飯** **泥鰌** 卵を落した熱い味噌汁、大根飯 黒飴（「桐屋」） 豆腐の田楽（「稲葉屋」） **饅頭** **団子**（「七里屋」）	如月の中旬〜花の終わりのころ	昭和49年8月号
暗殺	220 222 225	熱い味噌汁 蕎麦屋（「白藤蕎麦」） 炊きたての飯へ生卵の黄身を落としたもの	春と夏の境のころ	昭和49年9月号
雨避け小兵衛	268	茄子と瓜の冷し汁	梅雨どき	昭和49年10月号
三冬の縁談	273 282 286	**茄子の角切に、新牛蒡のささがきの味噌汁** **鰡の山椒味噌焼き** 里芋の生醤油つけ焼	梅雨明け	昭和49年11月号
たのまれ男	319 345 346 352	粥 翁せんべい（「清水屋」） 蕎麦（「亀玉庵」） 白鳥（白い陶製の大徳利）の酒と鯣の裂いたの	夏もすぎようとするころ	昭和49年12月号

⑥新妻

鷲鼻の武士	9 11 56	**鱸** **豆腐と野菜の煮染** 蕎麦(おはるの手打ち)	秋	昭和50年7月号
品川お匙屋敷	72 89 97	豆腐汁に、魚の干物の夕餉 炊きあがった熱い飯と生卵、大根の漬物 磯浪そば(「東玉庵」)	柿の木の実も色づくころ	昭和50年8月号
川越中納言	121 128 128 151 171	煎鴨の肉と生卵をかきまぜた飯 熱々の**餡かけ豆腐** 餅 あたたかい粥 **饂飩**(おはるの手打ち)	初冬～年の瀬	昭和50年9月号
新妻	203	熱い干菜汁	初冬～年の瀬	昭和50年10月号
金貸し幸右衛門	209 216 253	**鱺の酢振へ生海苔と微塵生姜をそえたもの、鴨と冬菜の熱々の汁** 大根と油揚の煮込み鍋 煮染	安永十／天明元(一七八一)年初春 **＊小兵衛六十三歳**	昭和50年11月号
いのちの畳針	271 289	蕎麦屋(「松桂庵」) **蛤**	二月	昭和50年12月号

道場破り	330 346	**生卵を一つ割り落した粥** 一丁の豆腐で酒。そのあと冷飯に白湯をかけまわし、沢庵で	早春、引鶴のころ	昭和51年1月号

⑦隠れ簑

春愁	21 22	熱い味噌汁 **団子**(「猿屋」)	桜花もさかりのころ	昭和51年2月号
徳どん、逃げろ	70	**菜飯**、酒、熱い味噌汁(「菜飯屋」)	若葉のにおいが生ぐさいまでに、ただようころ	昭和51年3月号
隠れ簑	139	焼魚に味噌汁、井戸水で冷やした豆腐が一皿	初夏、松蝉の声が鳴き揃うころ	昭和51年4月号
梅雨の柚の花			初夏～梅雨入り	昭和51年5月号
大江戸ゆばり組	224 226 227 235 243 245	焼きたての**鰻**と冷酒 **鶏魚の刺身** **鰹の刺身** きせ綿饅頭(「大黒屋」) **軍鶏**を食わせる店(「丸鉄」) **湯豆腐(煮出は焼干の鮎、**大根をきざんでかけまわしてある**)**	梅雨時	昭和51年6月号

越後屋騒ぎ	272	**索麺**(井戸水で冷やし、蓼の葉の青味、薬味の葱を添えた)	蝉が鳴きこめているころ	昭和51年7月号
	289	南京粔([笹屋林右衛門])		
決闘・高田の馬場	342	**冷やし汁**、早くから冷ましてある飯、溶き芥子をそえた**茄子の香の物、葱をきざみこんだ炒卵**	夏	昭和51年8月号

⑧狂乱

毒婦	9	**莢いんげんと茄子を、山椒醤油であしらったもの**	夏	昭和51年9月号
	9	鰡の細づくり		
	9	**煮蛸の黒胡麻味噌まぶし**		
	9	小海老と焼豆腐の吸物		
	30	**筍**(目黒名物)		
	42	炊きたての飯、実なしの味噌汁、梅ぼしだけの朝餉		
	46	太打ちの蕎麦([浦島蕎麦])		
	53	**蜆汁**([鮒宗])		
	54	**泥鰌鍋**		
	57	見事な**鯉**		
狐雨	88	味噌汁と梅干の膳	秋	昭和51年10月号

狂乱	122 127 136	嵯峨落雁(〔京桝屋〕) 銘酒・亀の泉(〔よろずや〕) **にぎり飯に味噌をまぶして焙ったもの** **芋茎と油揚を煮た一鉢、秋茄子の塩漬**	秋、曼珠沙華が群がり咲くころ	昭和51年11月号
仁三郎の顔	197 212 214	**卵酒** 初雪煎餅(〔橘屋〕) 蕎麦屋(〔末広蕎麦〕)	秋、柿の木の葉が黄ばむころ	昭和51年12月号
女と男	234 268	蕎麦(〔翁蕎麦〕) 鶏卵入りの重湯	秋	昭和52年1月号
秋の炬燵	296 311	炒り鶏に玉子焼 餡をからませた団子	秋、桜の老樹が紅葉するころ	昭和52年2月号

⑨待ち伏せ

待ち伏せ	27 35	蕎麦屋(〔清月庵〕) **浅蜊のぶっかけ**と大根の浅漬	秋	昭和52年3月号
小さな茄子二つ	71 103	渋柿(吊して干柿に) 八千代饅頭	秋も暮れようとしているとき	昭和52年4月号
或る日の小兵衛	125 151 157	蕎麦屋(〔新花〕) 甘辛い垂れをつけた団子 茶巾餅(〔甘林軒〕)	神無月(陰暦十月)	昭和52年5月号

秘密	163	目黒飴(［桐屋］)	晩秋	昭和52年6月号
	173	落ち**鱸**		
	178	蕎麦屋(［末広蕎麦］)		
	192	豆腐料理と酒が名物(［丸金］)		
	213	新蕎麦(おはるの手打ち)		
討たれ庄三郎	214	活のよい鮃	晩秋、鶴の群れがわたるころ	昭和52年7月号
	220	**鮃の刺身**		
冬木立			陰暦十一月半ばすぎ	昭和52年11月号
剣の命脈	308	熱い味噌汁と飯	冬	昭和52年12月号
	317	**卵酒**		
	319	**卵を二つ落し入れた粥**		

⑩春の嵐

春の嵐	9	**鯛の刺身**、鯛の味噌漬け、**軍鶏鍋**	天明元年暮れ〜天明二（一七八二）年、新緑が燃えたち、老の鶯が鳴くころ	昭和53年1月号〜7月号
	10	大根飯(軍鶏鍋の出汁かけ)		
	47	熱い**根深汁**に飯、魚の干物、大根の浅漬		
	71	雑煮		
	85	銘菓・**雪みぞれ**(［不二屋］)		
	96	熱い**饂飩**と酒		
	151	名物の熱い**饂飩**		
	189	嵯峨落雁(［京桝屋］)		

題名	頁	食べもの	季節	掲載号
	221	**団子**	*小兵衛六十四歳	
	259	大笊いっぱいの浅蜊		
	300	蕎麦屋（「山田屋」）		
	303	鰹節と醤油をまぶした握り飯		
	334	豆腐		
	340	**鯛の刺身**、濃目の茶へ塩を一摘み落したもの		

⑪勝負

題名	頁	食べもの	季節	掲載号
剣の師弟	17	豆腐の煮たのと酒	新緑のころ	昭和53年12月号
	45	蕎麦屋（「翁蕎麦」）		
	60	熱々の豆腐の田楽と酒		
勝負			梅雨入り前	昭和54年1月号
初孫命名	153	**手長海老の附焼**に粉山椒を振りかけたもの、**小胡瓜の糠漬**、焙った茄子の濃目の味噌汁	梅雨のころ	昭和54年3月号
その日の三冬	175	**饅頭**（「玉むら」）	梅雨のころ	昭和54年4月号
時雨蕎麦	198	嵯峨落雁（「京桝屋与助」）	梅雨あけのころ	昭和54年6月号
	227	**鯉の洗い**と塩焼き		
	233	蕎麦屋（「小玉庵」）		
助太刀	253	芋酒	夏	昭和54年7月号
	271	瓜の塩漬に梅干を肴に酒		

小判二十両	296 304 313 319 323	最中(「翁屋」) **泥鰌鍋** **冷やした豆腐**(摩り生姜、醤油と酒、胡麻油)、豆腐と焼茄子の味噌汁、**瓜の雷干し** **筍・鮎・鯉**(「伊勢虎」) 黒飴(目黒不動の名物)	残暑のころ〜初冬	昭和54年8月号

⑫十番斬り

白い猫	14 16	梅干の大樽 **海松貝の刺身、沙魚の甘露煮、秋茄子の香の物**(「元長」)	初秋、庭の秋草がとりどりの花をつけるころ	昭和54年10月号
密通浪人	49 63 69 70 94	やわらかい叩き牛蒡で酒(「鬼熊酒屋」) 八千代饅頭(「椿寿軒」) 梅干の入った握り飯 **根深汁** **蛤の吸い物**(「伊勢虎」)	秋	昭和55年2月号
浮寝鳥	99 108、109	相鴨、**しゃも鍋**(「丸屋」) 熱い味噌汁、**大根と油揚の煮物**(「居酒・めし三州や」)	陰暦十一月	昭和55年3月号
十番斬り	147 156	**小豆粥** 嵯峨落雁(「京桝屋」)	天明三(一七八三)年年明け	昭和55年4月号

	157 164 172	鼈鍋 白粥(卵落し込み)、と梅干 炊きたての大根飯と豆腐の味噌汁	*小兵衛六十五歳	
同門の酒	202 205 213 233	筍 饅頭(「佐野六」) 蕎麦屋(「笹岡屋」) 湯漬け	陰暦二月	昭和55年5月号
逃げる人	252 258 276	蕎麦掻き(「月むら」) 生海苔をあしらった掻き平目・甘鯛の糝薯と野菜の椀盛・鶉の焼き鳥(「不二楼」) あられ蕎麦(「月むら」)	正月中旬～初春	昭和55年6月号
罪ほろぼし	298 316 323	蓮餅(常泉寺・門前の茶店) 団十郎煎餅(「成田屋」) 蕎麦(「川品屋」)	春	昭和55年7月号

⑬波紋

消えた女	8 54	芥子菜の塩漬で酒、その後で蕨餅 烏賊(焙り焼きしたものに、山椒の葉を摺りつぶしてまぜ入れた醤油をかけたもの)、蕗の煮たもの、浅蜊飯	桜の花の散りかけのころ	昭和56年2月号
波紋	60	黒飴(「桐屋」)	若菜のにおうころ	昭和56年5月号

	60	**筍**		
	65	**鰹の刺身、冷たい木ノ芽味噌かけ豆腐**		
	68	焙った烏賊		
	83	蕎麦屋（「信濃屋」）		
	85	魚の干物		
	113	夏蕨、**筍**、**蚕豆**、**泥鰌**		
剣士変貌	118	巻狩せんべい（「笹屋」）	苗売りが商いするころ	昭和56年8月号
	127	御膳蕎麦（「春月庵」）		
	136	蕎麦（「万屋」）		
	159	**豆腐（井戸水で冷やしたのに、醤油、胡麻油、薬味の紫蘇をそえた）**		
敵	181	**沙魚の煮つけ**	梅雨のころ	昭和57年1月号
	193	吉野落雁（「丸屋」）		
	197	**団子**、煎餅		
	218	**茄子の新漬**に溶き辛子ぞえ、**独活の塩もみ**		
	251	稲荷ずし		
夕紅大川橋	288	蕎麦	夏も終ろうとしているころ〜秋も深まったころ	昭和58年9月号
	331	落ち鱸、鶉、青柳		
	331	**鮗の粟漬**		

⑭暗殺者

暗殺者	59	**筍飯・菜飯**(目黒不動近くの茶店「亀田屋」)	天明三年師走(陰暦十一月)〜天明五(一七八五)年秋	昭和59年4月号〜10月号
	68	大根鍋(昆布の出汁、猪の脂身)		
	80	間鴨を入れた熱い饂飩		
	99	**柚子切の蒸し蕎麦**(「明月庵」)		
	109	卵の黄身を落した濃目の味噌汁に炊きたての飯、大根の香の物		
	159	薄味に煮た豆腐(「山の井」)		
	168	煎餅		
	173	**蕎麦落雁**(「明月庵」)		
	216	**鶏肉と葱入りの饂飩**(おはるの手打ち)		
	251	白粥に梅ぼし、大根の香の物の朝餉		

⑮二十番斬り

おたま	8	木ノ芽田楽味噌	天明四(一七八四)年 桜の蕾が綻ぶころ **＊小兵衛六十六歳**	昭和61年2月号
	27	嵯峨落雁(「京桝屋」)		
二十番斬り	60	鶏と葱を入れた粥	三月十五日(陰暦)〜梅雨のころ	昭和62年4月号〜9月号
	82	熱い味噌汁と炊きたての飯、**炒り卵**		
	108他	まずい饅頭		
	137	**泥鰌なべ**(「川半」)		
	152	**鰻**(「鮒宗」)		

172	**炊きたての麦飯にとろろ汁**
174	蕎麦屋（［舛屋］）
184	**饅頭**
193	茶漬
234	白粥
274	**油揚を入れた湯豆腐**

⑯浮沈

浮沈

21	新蕎麦（［万屋］）
31	天麩羅蕎麦（貝柱のかき揚げ）
38	沙魚の刺身
43	いい**鰻**、下総の梨
52	千歳餅（［鶴屋］）
86	末広おこし（［橘屋］）
96	あられ蕎麦（［瓢箪屋］）
135	あたたかい飯に味噌汁、魚の干物
138	**柚子切蕎麦**（［原治］）
166	**饂飩**の煮込み
231	蕎麦屋（［瓢箪屋］）
234	飴
240	握り飯・熱い大根の味噌汁・煮豆（［鯉屋］）
274	嫁菜と生卵が入った粥

天明四年秋～天明五（一七八五）年年明け［～寛政五（一七九三）年］

*小兵衛六十七歳

平成元年2月号～7月号

作品名	頁	登場する食べ物・店	季節	「週刊新潮」連載
黒白	42	甘酒（「正月や」）	寛永二（一七四九）年〜安永二（一七七三）年	昭和五十六年四月二十三日号〜昭和五十七年十一月四日号連載
	49	**鯵の干物**、大根の浅漬、梅ぼし		
	99	多摩川の**鮎の塩焼き**と**瓜の塩もみ**		
	101	水飴、芋田楽、**焼だんご**（鬼子母神）		
	106	鯛の尾頭つき		
	116	汐美饅頭（「栄寿堂」）		
	136	**饂飩**（汁に味噌入り）		
	181	熱い味噌汁		
	184	豆腐（酒の肴）		
	291	熱い飯、**塩もみの新鮮な茄子**、卵を落した味噌汁		
	294	よい**鮎**		
	318	薄い粥と梅ぼし		
	320	糝粉餅（白砂糖かけ）		
	328	韮の味噌和え		
	329	わらびや**筍の煮つけ**		
	330	土筆飯		
	397	鰹を煮熟し味噌汁に仕立てたもの、高菜の漬物		

番外編　黒白（下）

＊小兵衛三十一歳〜五十五歳

白粥　400
泥鰌鍋（［和泉屋］）　483
柚子切蕎麦（［小玉屋］）　508
黒飴（［桐屋］）　525
筍飯・多摩川の**鮎**（［伊勢虎］）　535

黒飴（［桐屋］）　6
塩粥に梅ぼし、香の物の朝餉　11
泥鰌鍋・蕎麦（［川半］）　69
熱い**餡かけ豆腐**・**根深汁**・目刺し（［笠屋］）　95
紹鷗饅頭（［亀屋］）　102
蕪の味噌汁、**葱入りの煎卵**、炊きたての飯　138
甘酒　218
巻繊汁、焼魚、香の物　242
卵を割り入れた味噌汁、鰈の煮つけ、大根の香の物　247
見事な**鯛**、柄樽の清酒　255
蕎麦（手打ち）　269他
大根と油揚げの鍋（山椒を振って）　277
胡桃餅　297
豆腐の味噌田楽、大根の香の物（目白不動門　370

412	前の茶店） 味噌仕立ての汁、鶏卵に葱の饂飩（手打ち）			

番外編　ないしょ　ないしょ

ないしょないしょ		明和六（一七六九）年夏～安永三（一七七四）年春［～天明八（一七八八）年夏］	昭和六十二年十一月十九日号～六十三年五月十九日号	中小兵衛五十一歳～五十六歳
25	葱の味噌汁			
45	茄子の煮浸し			
85	軍鶏なべ屋（〔五鉄〕）			
107	焼茄子の味噌汁、瓜揉み、鰺の干物			
114	つけとろそば（〔花駒屋〕）			
117他	蕎麦屋（〔原治〕）			
158	紫蘇切蕎麦（〔原治〕）			
164	握り飯（味噌を塗って焙ったもの）			
181	蛤の吸い物、秋茄子の塩もみ、餡かけ豆腐			
184	味噌汁（〔能登平〕という飯屋）			
239	亀屋饅頭			
247	蕎麦掻き（〔原治〕）			
250	白粥			
275	柚子切蕎麦（〔原治〕）			
275	草餅			
320	淡雪蕎麦（〔湊屋〕）			
331	粥（卵が一つ割りいれてある）			

『庖丁ごよみ』料理索引

▼数字は初出頁、＊は作り方のあるもの

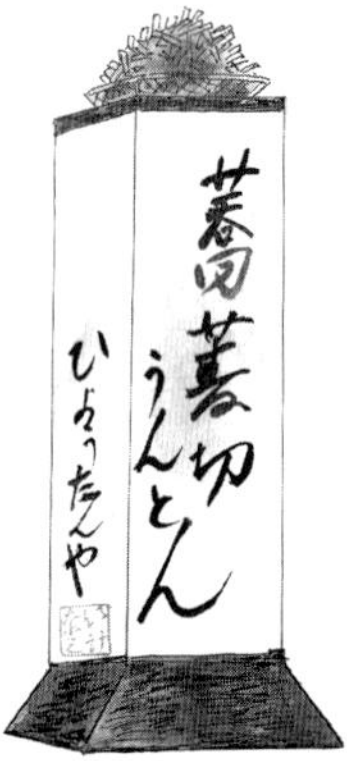
蕎麦切
うんとん
ひよつたんや

ほんとうに旨《うま》いもの

逢坂剛

池波正太郎さんの小説は、読む人の世代や年齢によっていろいろな読まれ方があり、おもしろさがあるだろう。二十代の読者と五十代の読者では、それぞれ目のつけどころが違うはずである。

同時に池波さんの小説は、同じ一人の読者が年齢を重ねるごとに読み返し、以前は見過ごしていた新たなおもしろさを発見する、という楽しみ方もできる。こういう小説を書ける作家と、生涯《しょうがい》何人も出会えるものではない。わたしに限っていえば、池波さんとダシール・ハメットだけである。しばしば池波作品、ことに鬼平犯科帳シリーズなどは、日本のハードボイルド小説と呼ばれることがあるが、これはそういう次元の話ではない。

池波さんもハメットも、むずかしい言葉や持って回った表現を使わず、義務教育を終えていればだれでも読める、分かりやすい文章で小説を書いた。とはいえ、書かれていることを文字どおりに読むだけでは、まだ第一段階の読み方である。二人とも、心理のあやをくどくど書く作家ではないので、読み手からすれば読みやすい小説と受け取られるが、それだけについ読み流してしまうきらいもある。

少し年を取ってから、あるいはそれなりに人生経験を重ねてから、二人の作品を改めて読み返すと、以前は気がつかなかったことにふと目が向いて、はっとすることがある。文字でこそはっきり書いていないけれども、作者はこの行間にこういう意図を隠しているのではないか、などと視野が広がり始める。これが第二段階である。

さらに間をおいて、三度、四度と読み返すと、「なるほど、作者の真意はここにあったのか」と、いちいち思い当たることが出てくる。これが第三段階である。そこでやっと、読者はほんとうに池波作品を味わい、ハメット作品を読んだことになる。このあたりにもまた、読書の醍醐味《だいごみ》があるといえる。こういう作家に、一人でも二人でも出会うことができたなら、読書人として幸せの一語に尽きるだろう。

*

池波さんの小説で、多くの読者が楽しみにしていることの一つは、食べ物の話ではないだろうか。その蘊蓄《うんちく》は、おおむね本筋とは関係なく出てくるのだが、登場人物が折りに触れて口にする江戸の飲食物に、わたしたちはついよだれを流してしまう。これは歌舞伎《かぶき》の世話場と同じで、その作品をきわめて身近なもの、親しみのあるものに感じさせる、独特の効果をもっている。

しかも出てくる食べ物は、古くからある簡素な家庭料理がほとんどであって、いわゆる

《グルメ》の評論家先生が称揚する、気取った料亭の高級料理ではない。むろん、今では食材が手にはいりにくく、結果的にぜいたくな料理になったものも少なくないが、それは論外である。むしろ、手間がかかるために作られなくなったケースの方が多く、これは明らかに現代人の怠慢だろう。

池波さんは売り物の三つのシリーズ、《剣客商売《けんかく》》《鬼平》《仕掛人》のいずれにも、いろいろな食べ物、料理を登場させている。それぞれのシリーズで、料理帳が一冊ずつできるほどである。ときに、共通して出てくる料理もあるだろうが、その多彩な知識には驚かされる。専門書、古書から引いた料理が含まれているかどうか、わたしは知らない。しかし読むかぎりでは、池波さん自身が子供のころ家で食べた家庭料理、あるいは奥さまがお作りになったお惣菜《そうざい》や、外で口にされた庶民の料理がほとんど、と思われる。ご自分で工夫されたものも、少なくなかったと聞く。それらの料理が、わたしたち読者の郷愁と食欲を、激しくそそるのである。

池波さんを《グルメ》などと呼ぶのは、失礼のきわみだろう。むろん、池波さんもおいしい食べ物が好きで、料理には人一倍うるさかったようだが、《グルメ》という言葉につきものの気取りとか俗物性とは、およそ無縁の人だった。それは、この『剣客商売　庖丁《ほうちょう》ごよみ』に出てくる料理を見れば、一目瞭然《りょうぜん》だろう。

評論家先生の中には、フランス料理をもって世界一と礼賛《らいさん》する人が多いが、それはそれでどうぞお好きにしてください、というほかはない。しかし、わたしのような筋金入りのイスパノフィロでさえ、フランスの《グルメ》がこっそり(!)食べに行くという、スペインはバスク地方の究極至高料理を世界一、と呼ばぬだけの分別がある。その栄光は断固として、日本料理に与えられなければならない。ついでにいえば、あの『三銃士』も『レ・ミゼラブル』も『巌窟王《がんくつおう》』も、『剣客商売』や『鬼平犯科帳』の敵ではない!

話が横道にそれてしまった。本題にもどろう。

実は池波さんは、フランスがお好きだった。プロそこのけの腕前、と自他ともに許した絵はフランス風の洒脱《しゃだつ》なタッチだし、映画はジャン・ギャバン作品を初めとする、フィルム・ノワールをひいきにされた。そしてときにはフランス料理も、食されたらしい。ただし、絵や映画はともかくとして、フランス料理については「なに、こんなもの、大根の煮付けや鮎《あゆ》の塩焼きに比べれば……」が本音だったろう、と拝察する。勝手に拝察して、申し訳ないが……。

池波さんはたぶん、ジャン・ギャバンがお好きだったに違いないが、それには理由があるような気がする。

第一に、ジャン・ギャバンが演じるベテランの警察官、あるいはギャングの親分は、仁義を知らぬ悪党に対してめっぽう厳しく、義理に厚いやくざや気の弱い子分には、意外なほどやさしい。これは長谷川平蔵などに与えられたキャラクターと、一脈相通じるものがある。

第二に、ジャン・ギャバンという役者は食事をするシーンで、ほんとうに旨そうに料理を食べる。コーヒーを飲んでも葉巻を吸っても、スクリーンから香りが漂い出すような飲み方、吸い方をする。これは、池波さんではなかったかもしれないが、だれかがどこかで同じような感想を述べるのを目にした記憶があるから、わたし一人の感慨ではない。

ギャバンは、いわゆる美男子では決してないが、とにかく存在感に満ちている。こういう味のある役者を、池波さんは好まれたのだ。秋山小兵衛《こへえ》のモデルになった、歌舞伎の中村又五郎も同じである。

フィルム・ノワールを愛することでは、わたしも人後に落ちないつもりだが、池波さんの嗜好《しこう》はやはりギャバンやジャン・セルヴェ（ジュールス・ダッシン監督の『男の争い』の主演男優）などの渋い役者に傾き、わたしがひいきにするリノ・ヴァンチュラやフィリップ・クレイ（エドワール・モリナロ監督の『殺られる』の殺し屋役）のようなあくの強い役者は、あまりお好きでなかったようである。まあ食事のシーンにしても、ヴァンチュラは味よりも量で勝負という感じだし、クレイにいたってはチューインガムばかり噛《か》んでいたから、どだいギャバンには太刀打ちできないだろう。

*

作家はある意味では、楽な商売である。

極端な話、「股立《ももだ》ち」が何を意味するか知らないでも、「袴《はかま》の股立ちを取って云々《うんぬん》」などと書くことができる。しかし、たとえば挿絵《さしえ》画家は「袴の股立ちを取った」状況を、具体的に描かなければならないから、大変である。

それと同じで、小説の中に出てくる料理を料理人が実際に再現するのも、ずいぶん手間のかかる仕事だろう。池波さんの場合は、しばしば作り方までていねいに書いてくれるから、まだしも楽かもしれない。それにしても、『剣客商売　庖丁ごよみ』で近藤文夫さんのコメントを読むと、これが「なかなかに……」手ごわいことが分かる。

池波さんが、いかに微に入り細をうがって作り方を書いたにせよ、それだけで料理が再現できるものではない。そこに創意工夫をこらし、なるほどこういう味の料理であったかと納得させる、そこに料理人のわざの神髄《しんずい》がある。わたしは近藤さんが、池波作品に出てくる料理に挑戦《ちょうせん》する場面をこの目で見、しかもそれを味わう幸運に恵まれたことが一度あるが、これはいろいろな意味で貴重な経験だった。率直にいって、料理人が料理を作るのは作家が小説を書くのと同じだ、と思った。

目の前にある食材を、どう料理するか。それを、舌なめずりして待つうるさい客に、どうおいしく食べさせるか。自分だけの隠し味を、どこにどうつけるか。これはまさしく、作家が小説を書く際に考えていることと、同じである。しかも真剣であると同時に、究極のところで楽しみながら作るという、離れわざまでそっくりなのだ。ほんとうに旨いものは、料理人の心意気の中にある、と一瞬にして悟った。そのとき、わたしは近藤さんの料理を一粒たりとも残さず、なめるようにしていただいた覚えがある。作家にして、その域に達することができれば、いくら自慢してもしすぎることはないだろう。むろん、池波さんがその数少ない一人であることは、言うまでもない。

近藤さんは、おそらく池波さんの小説に出てくる数かずの料理に、ヒントを与えたに違いない。その一方で、池波さんから教えられることも少なくなかった、と述懐しておられる。この出会いには、はたから見ていてもうらやましいものがある。

本書は、その意味で池波さんと近藤さんのみごとな共作であり、お二人の出会いの温かい結実、といってよい。

《グルメ》でもないわたしが、広く江湖におすすめする所以《ゆえん》である。

（平成十年二月、作家）

本書は、平成三年四月に小社から刊行された『剣客商売 庖丁ごよみ』を編集替えした。

初出は以下の通りである。

寒鮒	「小説新潮」	平成元年二月号
大根	「〃」	〃 三月号
烏賊	「〃」	〃 四月号
鯛	「〃」	〃 五月号
筍	「〃」	〃 六月号
鯉	「〃」	〃 七月号
鰹	「〃」	〃 八月号
鴨	「〃」	〃 九月号
鱸	「〃」	〃 十月号
鰻	「〃」	〃 十一月号
松茸	「〃」	〃 十二月号
沙魚	「〃」	平成二年一月号
蕪	「小説新潮」	平成二年二月号
猪	「〃」	〃 三月号
甘鯛	「〃」	〃 四月号
鯰	「〃」	〃 五月号
蛤	「〃」	〃 六月号
白魚	「〃」	〃 七月号
茄子	「〃」	〃 八月号
軍鶏	「〃」	〃 九月号
鮎	「〃」	〃 十月号
牡蠣	「〃」	〃 十一月号
栗	「〃」	〃 十二月号
好事福盧	「〃」	平成三年一月号

池波正太郎記念文庫のご案内

上野・浅草を故郷とし、江戸の下町を舞台にした多くの作品を執筆した池波正太郎。その世界を広く紹介するため、池波正太郎記念文庫は、東京都台東区の下町にある区立中央図書館に併設した文学館として2001年9月に開館しました。池波家から寄贈された全著作、蔵書、原稿、絵画、資料などおよそ25000点を所蔵。その一部を常時展示し、書斎を復元したコーナーもあります。また、池波作品以外の時代・歴史小説、歴代の名作10000冊を収集した時代小説コーナーも設け、閲覧も可能です。原稿展、絵画展などの企画展、講演・講座なども定期的に開催され、池波正太郎のエッセンスが詰まったスペースです。

http://www.taitocity.net/tai-lib/ikenami/

池波正太郎記念文庫〒111-8621 東京都台東区西浅草3-25-16
台東区生涯学習センター・台東区立中央図書館内 TEL03-5246-5915

開館時間＝月曜～土曜（午前9時～午後8時）、日曜・祝日（午前9時～午後5時）**休館日**＝毎月第3木曜日（館内整理日・祝日に当たる場合は翌日）、年末年始、特別整理期間

●入館無料

交通＝つくばエクスプレス〔浅草駅〕A2番出口から徒歩5分、東京メトロ日比谷線〔入谷駅〕から徒歩8分、銀座線〔田原町駅〕から徒歩12分、都バス・足立梅田町－浅草寿町 亀戸駅前－上野公園2ルートの〔入谷2丁目〕下車徒歩1分、台東区循環バス南・北めぐりん〔生涯学習センター北〕下車徒歩2分

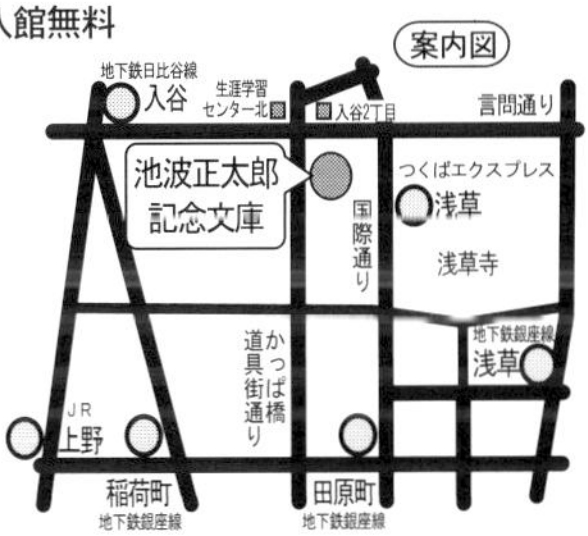

池波正太郎著

剣客商売

白髪頭の粋な小男・秋山小兵衛と巌のように逞しい息子・大治郎の名コンビが、剣に命を賭けて江戸の悪事を斬る。シリーズ第一作。

池波正太郎著

剣客商売②

辻斬り

闇の幕が裂け、鋭い太刀風が秋山小兵衛に襲いかかる。正体は何者か？　辻斬りを追跡する表題作など全7編収録のシリーズ第二作。

池波正太郎著

剣客商売③

陽炎の男

隠された三百両をめぐる事件のさなか、男装の武芸者・佐々木三冬に芽ばえた秋山大治郎へのほのかな思い。大好評のシリーズ第三作。

池波正太郎著

剣客商売④

天魔

「秋山先生に勝つために」江戸に帰ってきたとうそぶく魔性の天才剣士と秋山父子との死闘を描く表題作など全8編。シリーズ第四作。

池波正太郎著

剣客商売⑤

白い鬼

若き日の愛弟子を斬り殺された秋山小兵衛が、復讐の念に燃えて異常な殺人鬼の正体を追及する表題作など、大好評シリーズの第五作。

池波正太郎著

剣客商売⑥

新妻

密貿易の一味に監禁された佐々木三冬を秋山大治郎が救い出すと、三冬の父・田沼意次は嫁にもらってくれと頼む。シリーズ第六作。

池波正太郎著　剣客商売⑦　隠れ簑

盲目の武士と托鉢僧。いたわりながら旅を続ける年老いた二人の、人知をこえた不思議な絆を描く「隠れ簑」など、シリーズ第七弾。

池波正太郎著　剣客商売⑧　狂乱

足軽という身分に比して強すぎる腕前を持ったがゆえに、うとまれ、踏みにじられる侍の悲劇を描いた表題作など、シリーズ第八弾。

池波正太郎著　剣客商売⑨　待ち伏せ

親の敵と間違えられた大治郎がその人物を探るうち、秋山父子と因縁浅からぬ男の醜い過去が浮かび上る表題作など、シリーズ第九弾。

池波正太郎著　剣客商売⑩　春の嵐

わざわざ「名は秋山大治郎」と名乗って辻斬りを繰り返す頭巾の侍。窮地に陥った息子を救う小兵衛の冴え。シリーズ初の特別長編。

池波正太郎著　剣客商売⑪　勝負

相手の仕官がかかった試合に負けてやることを小兵衛に促され苦悩する大治郎。初孫・小太郎を迎えいよいよ冴えるシリーズ第十一弾。

池波正太郎著　剣客商売⑫　十番斬り

無頼者一掃を最後の仕事と決めた不治の病の孤独な中年剣客。その助太刀に小兵衛の白刃が冴える表題作など全7編。シリーズ第12弾。

池波正太郎著
剣客商売⑬
波紋

大治郎の頭上を一条の矢が疾った。これも剣客商売の宿命か――表題作他、格別の余韻を残す「夕紅大川橋」など、シリーズ第十三弾。

池波正太郎著
剣客商売⑭
暗殺者

波川周蔵の手並みに小兵衛は戦いた。大治郎襲撃の計画を知るや、波川との見えざる糸を感じ小兵衛の血はたぎる。第十四弾、特別長編。

池波正太郎著
剣客商売⑮
二十番斬り

恩師ゆかりの侍・井関助太郎を匿った小兵衛に忍びよる刺客の群れ。老境を悟る小兵衛の剣は、いま極みに達した。シリーズ第15弾。

池波正太郎著
剣客商売⑯
浮沈

身を持ち崩したかつての愛弟子と、死闘の末倒した侍の清廉な遺児。二者の生き様を見守り、人生の浮沈に思いを馳せる小兵衛。最終巻。

池波正太郎著
黒白（上・下）
―剣客商売番外編―

若き日の秋山小兵衛に真剣勝負を挑んだ小野派一刀流の剣客・波切八郎。対照的な二人の剣客の切り結びを描くファン必読の番外編。

池波正太郎著
ないしょ ないしょ
―剣客商売番外編―

つぎつぎと縁者を暗殺された娘が、密かに習いおぼえた手裏剣の術と、剣客・秋山小兵衛の助太刀により、見事、仇を討ちはたすまで。

江戸切絵図散歩

池波正太郎著

切絵図とは現在の東京区分地図。浅草生まれの著者が、切絵図から浮かぶ江戸の名残を練達の文と得意の絵筆で伝えるユニークな本。

スパイ武士道

池波正太郎著

表向きは筒井藩士、実は公儀隠密の弓虎之助は、幕府から藩の隠し金を探る指令を受けるが。忍びの宿命を背負う若き侍の暗躍を描く。

食卓の情景

池波正太郎著

鮨をにぎるあるじの眼の輝き、どんどん焼屋に弟子入りしようとした少年時代の想い出など、食べ物に託して人生観を語るエッセイ。

むかしの味

池波正太郎著

人生の折々に出会った〔忘れられない味〕。それを今も伝える店を改めて全国に訪ね、初めて食べた時の感動を語り、心づかいを讃える。

散歩のとき何か食べたくなって

池波正太郎著

映画の試写を観終えて銀座の〔資生堂〕に寄り、はじめて洋食を口にした四十年前を憶い出す。今、失われつつある店の味を克明に書留める。

池波正太郎の銀座日記〔全〕

池波正太郎著

週に何度も出かけた街・銀座。そこで出会った味と映画と人びとを芯に、ごく簡潔な記述で、作家の日常と死生観を浮彫りにする。

新潮文庫最新刊

塩野七生著
小説 イタリア・ルネサンス4
—再び、ヴェネツィア—
故国へと帰還したマルコ。月日は流れ、トルコとヴェネツィアは一日で世界の命運を決する戦いに突入してしまう。圧巻の完結編！

林真理子著
愉楽にて
家柄、資産、知性。すべてに恵まれた上流階級の男たちの、優雅にして淫蕩な恋愛遊戯の果ては。美しくスキャンダラスな傑作長編。

町田康著
湖畔の愛
創業百年を迎えた老舗ホテルの支配人の新町、フロントの美女あっちゃん、雑用係スカ爺のもとにやってくるのは――。笑劇恋愛小説。

佐藤賢一著
遺訓
「西郷隆盛を守護せよ」。その命を受けたのは沖田総司の再来、甥の芳次郎だった。西郷と庄内武士の熱き絆を描く、渾身の時代長篇。

小山田浩子著
庭
夫。彼岸花。どじょう。娘――。ささやかな日常が変形するとき、「私」の輪郭もまた揺らぎ始める。芥川賞作家の比類なき15編を収録。

花房観音著
うかれ女島
売春島の娼婦だった母親が死んだ。遺されたメモには四人の女の名前。息子は女たちの秘密を探り島へ発つ。衝撃の売春島サスペンス。

新潮文庫最新刊

仁木英之著
神仙の告白
旅路の果てに―僕僕先生―

突然眠りについた王弁のため、薬丹を求める僕僕。だがその行く手を神仙たちが阻む。じれじれ師弟の最後の旅、終章突入の第十弾。

仁木英之著
師弟の祈り
旅路の果てに―僕僕先生―

人間を滅ぼそうとする神仙、祈りによって神仙に抗おうとする人間。そして僕僕、王弁の時を超えた旅の終わりとは。感動の最終巻！

石井光太著
43回の殺意
―川崎中1男子生徒殺害事件の深層―

全身を四十三ヵ所も刺され全裸で息絶えた少年。冬の冷たい闇に閉ざされた多摩川の河川敷で何が起きたのか。事件の深層を追究する。

藤井青銅著
「日本の伝統」の正体

「初詣」「重箱おせち」「土下座」……その伝統、本当に昔からある!? 知れば知るほど面白い。「伝統」の「?」や「!」を楽しむ本。

白河三兎著
冬の朝、そっと担任を突き落とす

校舎の窓から飛び降り自殺した担任教師。追い詰めたのは、このクラスの誰？ 痛みを乗り越え成長する高校生たちの罪と贖罪の物語。

乾くるみ著
物件探偵

格安、駅近など好条件でも実は危険が。事故物件のチェックでは見抜けない「謎」を不動産のプロが解明する物件ミステリー6話収録。

剣《けん》客《かく》商《しよう》売《ばい》　庖丁《ほうちよう》ごよみ

新潮文庫　い－17－20

平成十五年六月二十日　発行
令和三年二月二十五日　十六刷

著者　池《いけ》波《なみ》正《しよう》太《た》郎《ろう》

発行者　佐藤隆信

発行所　株式会社　新潮社

郵便番号　一六二―八七一一
東京都新宿区矢来町七一
電話　編集部(〇三)三二六六―五四四〇
　　　読者係(〇三)三二六六―五一一一
http://www.shinchosha.co.jp

価格はカバーに表示してあります。

乱丁・落丁本は、ご面倒ですが小社読者係宛ご送付ください。送料小社負担にてお取替えいたします。

印刷・大日本印刷株式会社　製本・加藤製本株式会社

ISBN978-4-10-115750-4　C0195